# O BEIJO DA VIÚVA NEGRA

## Por Alex McAnders

**McAnders Books**

*****

Os personagens e eventos nesse livro são fictícios. Qualquer similaridade a pessoas reais, vivas ou mortas, é mera coincidência e não intencionadas pelo autor. A pessoa ou pessoas ilustradas na capa são modelos e não são, de forma alguma, associadas a criação, conteúdo ou motivos desse livro.

Todos os direitos reservados. Nenhuma parte desse livro deve ser reproduzida em qualquer forma por qualquer meio eletrônico ou mecânico, incluindo estoque de informações e sistemas de restauração, sem permissão por escrito do editor, exceto por um revisor que venha a fazer citações de passagens em uma resenha. Para maiores informações contate o editor por e-mail: Alex@AlexAndersBooks.com

Direitos autorais © 2025

Site Oficial: www.AlexAndersBooks.com
Podcast: BisexualRealTalk
Visite o autor no Facebook
em: Facebook.com/AlexAndersBooks
Ganhe 5 livros gratuitos quando você se inscrever para a lista de discussão do autor em: AlexAndersBooks.com

Publicado por McAnders Publishing

# Livros por Alex McAnders

## Romance Gay

Sério Problema; Livro 2
O Beijo da Viúva Negra

# O BEIJO DA VIÚVA NEGRA

# Capítulo 1

Dante

Juro, e Deus sabe que o amo, mas se um dia encontrassem o Matteo morto numa vala, minha vida ficaria muito mais fácil. Não me entenda mal, as ruas de Nova York ficariam cobertas com o sangue que eu derramaria em busca de vingança. Ninguém toca no meu irmão. Mas, ainda assim, seria mais simples do que limpar a bagunça dele.

— Você não sabe o que aconteceu — alegou Matteo, e agora o piercing recém-colocado em seu nariz era a única coisa que eu conseguia enxergar.

— Não me importa o que aconteceu. Você é um maldito Ricci. O homem que você assassinou e arrastou pelas ruas era um "made man" da Yakuza.

— Dante...

— Não quero ouvir! — interrompi, já cansado.

Eu estava em pé, com o punho apoiado na minha mesa, o que era a única coisa que me impedia de pular por cima dela e quebrar o nariz irritantemente perfeito dele. O desgraçado protegia o rosto em uma briga como se fosse seu ganha-pão.

— Escuta, nossos laços de sangue são a única coisa que me impede de jogá-lo aos malditos tubarões eu mesmo.

— Você não ouviu o que ele fez com a garota — retrucou Matteo, sem recuar.

— Não me interessa se ele a esquartejou membro por membro.

— Você não acredita nisso.

— Estou falando, não estou?

— Você fala muita coisa. Mas você é mais tolerante do que eu.

— Juro por Deus, Matteo!

— Era a irmãzinha do Vincente! — gritou Matteo, me fazendo congelar.

— O quê?

— É, você se lembra dela, né? Aquela garotinha que seguia eu e o Vincente pra todo lado quando éramos moleques. Parece que alguém espalhou por aí que ela curtia uma coisa mais pesada. E aquele figlio di puttana a encurralou, chapado, e fez um estrago nela. Agora, ficou com cicatrizes que nunca vão sumir.

Eu podia sentir a raiva fervendo dentro de mim só de ouvir aquilo. A verdade é que eu me lembrava daquela menina. Na época, ela usava maria-chiquinhas e idolatrava qualquer um que fosse da família. Qualquer sujeito que se aproveitasse dela merecia morrer.

Matteo não estava errado em livrar o mundo de um verme daquele tipo. Inferno, se eu tivesse sabido, eu mesmo teria feito. Mas havia jeitos de resolver aquilo sem desencadear uma guerra de territórios.

Ninguém gosta, mas a Yakuza é uma realidade em Nova York, e não há como se livrar deles. Qualquer ópio que chega às ruas é coisa deles. Comércio global é algo que a maioria das famílias não alcança, exceto os Lyons e os Cléments.

Mas, com a morte do chefe da família Lyon e sem ninguém disposto a assumir, só restaram os Cléments. Eles teriam sido os mais prováveis a tomar o controle, se não fosse por dois motivos: Armand não tem herdeiros homens e, ao que tudo indica, agora ele está com problema de informantes.

Esse vácuo é uma oportunidade. Alguém vai se erguer. Quem melhor do que a família Ricci? Graças ao Papa ter afrouxado o controle das negociações, consegui expandir nosso alcance. Construção, empréstimos, até fizemos incursões nos diamantes. Mas uma coisa que não dá pra encarar é heroína.

Primeiro, porque é uma porcaria que destrói uma cidade. Isso é algo que meu pai faria. Mas agora estamos em fase de crescimento. Construímos coisas. Emprestamos dinheiro para melhorar a cidade.

Esses estrangeiros estão usando nossa cidade como se fosse o banheiro deles. Não podemos deixar que façam isso. Mas a cabeça quente do Matteo acabou de dar a desculpa que eles precisavam pra declarar guerra. Isso é péssimo para os negócios dos Ricci.

— Olha, Matteo, existem jeitos de fazer as coisas — falei, tentando me acalmar.

— É. O jeito que eu fiz garante que ninguém nem pense em fazer de novo.

O calor subiu pelo meu corpo. Em um ímpeto de fúria, meu punho quase destruiu a mesa.

— Não! Ele era um maldito "made man"! Você sabe o que é um "made man"?

Matteo murchou ao ver que eu tinha perdido o controle.

— Eu sei o que é um "made man", Dante.

— Então me diz o que é um "made man"!

— Significa que ele é intocável.

— Não! Significa que, se você encostar nele, alguém tem que pagar. Alguém tem que morrer. Simples assim. Sem negociação. Sua atitude matou um dos nossos homens. Agora tem uma criança que vai crescer sem pai por sua causa. Você pensou nisso por um segundo?

— Você não viu o que ele fez com a irmã do Vincente — disse ele, perdendo a arrogância.

— Há jeitos de lidar com isso — falei, sentindo a raiva ameaçando borbulhar de novo.

— Tá, tá. Eu errei. Botei tudo a perder. Mas você pode dar um jeito nisso, não pode?

Ver a humildade do Matteo era algo novo. Isso me pegou de surpresa, me empurrando de volta à cadeira. Será que finalmente a lição estava entrando na cabeça desse sujeito que não aprendia nada a menos que envolvesse gel de cabelo?

— Vamos lá, Dante. Você consegue resolver. Aquele desgraçado merecia. Nenhum dos nossos homens devia morrer por isso.

Eu o encarei, tentando enxergar algo que eu nunca vira antes em meu irmão mais novo. Nunca o ouvi falar assim. Será que ele estava amolecendo? Ele podia usar uns cantos arredondados. Minha vida ficaria bem mais fácil se fosse assim.

— Você ainda vai me matar do coração — falei, cedendo.

Matteo abriu aquele sorriso maldito que costuma ser a última coisa que suas vítimas veem.

— Eu sabia que você daria conta. É por isso que você pegou o trabalho pesado. Papai acertou ao deixar você no comando. Você é exatamente quem esta família precisa.

— Você é um puxa-saco de primeira — retruquei, enquanto minha mente trabalhava atrás de uma solução.

— Vou deixar você resolver isso. Se precisar que eu faça alguma coisa, sabe que tô aqui pro que der e vier.

— Poderia se entregar a eles e me poupar o trabalho de te nocautear e te entregar — sugeri.

Matteo congelou, sem saber se eu estava brincando.

— Não brinca com isso, Dante. Um dos nossos homens pode ouvir e achar que é sério.

— Mas é sério — falei, imaginando como minha vida seria mais fácil. — Eu até colocaria um laço em você pra entregá-lo debaixo da árvore.

— Esses japoneses celebram Natal?

— É bom você torcer pra que não. Assim, eu terminaria minhas compras bem mais cedo.

Matteo me olhou de soslaio.

— Não brinca com isso — disse ele, mostrando sinais do psicopata que eu era obrigado a amar.

Qualquer sinal de remorso tinha sumido. Em vez de aprender, ele talvez só tivesse ficado mais esperto na encenação. Talvez eu devesse mesmo entregá-lo à Yakuza. Será que alguém me culparia? Aquilo ali tinha um lado sádico que ninguém sentiria falta.

— Vou dar um jeito nisso — falei, sem saber como, mas certo de que sim.

— Obrigado. Mas preciso dizer: nunca mais questione meu julgamento assim. Não é legal.

Fiquei olhando para ele sem responder nada. Esse era, geralmente, o melhor jeito de lidar com a loucura dele. Era como se existissem duas pessoas dentro daquele corpo: uma que cortaria a garganta de alguém só porque o encarou errado e outra, o garotinho assustado que eu protegi do Papai. Não havia como prever qual deles apareceria.

Papai estragou todos os filhos dele. Ninguém foi mais afetado que o Matteo. Certamente havia alguma coisa errada com nosso velho. E fosse lá o que fosse, passara para o Matteo. De certa forma, ele estava se tornando mais parecido com ele a cada dia. Tudo que me restava era ter esperança.

Eu tinha certeza de que conseguiria trazê-lo de volta antes que Papai o dominasse completamente. Enquanto isso, ele continuaria amarrando cadáveres no para-choque do carro e arrastando-os pelo território da Yakuza.

A lembrança do que ele tinha feito me invadiu.

— Merda! Como diabos vou tirar a gente dessa?

A resposta me veio tão rápido quanto a pergunta.

Dois anos atrás, quando assumi as rédeas da família, recebi uma visita do Sato. A Yakuza ainda não tinha fincado os pés no tráfico de heroína em Nova York, e o velho estava se agarrando a qualquer tábua de salvação. Corria boato de que os chefes dele consideravam chamá-lo de volta de um jeito definitivo. Então, Sato estava lutando pela vida.

Ele tinha visão, dou esse crédito. Previu de longe a queda dos Lyon e propôs uma aliança. Mas não queria só um acordo. Aqueles filhos da mãe nunca fazem nada pela metade. Ele queria laços de família. Ofereceu-me a filha dele em casamento.

Minha resposta foi: "Que se foda!"

Eu admito, não foi meu melhor momento. Mas, pra ser justo, eu estava passando por uns perrengues. Eu estava sob muita pressão ao assumir, e o casamento me parecia o fim do único alívio que eu tinha.

Claro que eu me imaginava casando um dia. Mas, pra eu não sair matando qualquer um que me olhasse torto, precisava de certas liberdades. Isso exigia o tipo de casamento com uma mulher que fechasse os olhos pro que eu fizesse.

Acontece que Yuki era exatamente o que eu precisava. Eu não a conhecia na época. Acho que Sato disse que ela ainda estava no Japão. Mas quando a vi numa cerimônia de inauguração, representando a família, percebi que tinha cometido um erro em recusar.

Naquele evento, não a vi encarar um homem uma só vez. Era só reverências e humildade. A cultura japonesa é bem diferente da nossa. Hoje entendo isso. E, pelo visto, ela seria a esposa perfeita. E agora, parece que ela vai ser mesmo.

Por mais ofendido que tenha ficado com a minha recusa, Sato não fechou as portas. Ele estava com a vida em jogo. Não poderia se dar ao luxo de começar uma guerra por causa de honra. Então, dois anos depois, cá estamos nós.

Primeiro, Matteo nos colocou em dívida com a Yakuza. Segundo, o comércio global deles cimentaria o poder dos Ricci na cidade. E terceiro, eu ainda não tinha esposa. Era só a hora errada antes. Sato entenderia isso, certo?

Paciência não é um lance japonês? Por isso eles fazem aqueles desenhos na areia, não é? Droga, não sei. Se eu vou me casar com Yuki, vou ter que aprender essas coisas.

— Você não pode se casar com a Yakuza — declarou Papai, do outro lado da mesa no jantar de domingo.

"Como diabos ele soube disso?", pensei, olhando para os Ricci que enchiam seus pratos como se meu casamento fosse notícia velha. Só havia um irmão em quem eu confiava, o Lorenzo. E, como sempre, ele não estava ali.

— Você vai se casar com alguém da Yakuza? — perguntou Matteo, com um sorriso zombeteiro. — Quando foi que isso aconteceu?

— Desde que meu irmãozinho de merda matou um "made man" e sobrou pra eu limpar a sujeira — rebati, fazendo ele perder o sorriso.

— Ah...

— É, isso mesmo — retruquei, encarando meus outros três irmãos que, de repente, evitaram meu olhar.

— A Yakuza não é confiável — proclamou Papai, como se fosse um oráculo.

— É, Papai? E o que você sugere que eu faça?

— Vá pra guerra. Ou você vai me envergonhar como um filho que tem medo de lutar?

— Ele não tem medo de lutar, Pai — defendeu Matteo, me surpreendendo de novo com sinais de um homem diferente. — O Dante lutaria com qualquer um. Ele só está lutando de outro jeito.

Será que o Matteo estava entendendo?

— Só um covarde foge da guerra — disparou Papai.

— E só um tolo corre pra ela — rebati, sem desviar.

— Eles vão te humilhar. Vão humilhar nossa família, e a gente vai acabar no mesmo lugar de antes.

A raiva me cegou. Bati o punho sobre a mesa, quebrando meu prato e espalhando comida.

— Dante! — gritou Mamãe, achando que podia me controlar como quando eu tinha cinco anos.

— Não, Mamma! Cansei dessa merda — falei, levantando.

— Dante, sente-se! — ela insistiu.

— Não quero desrespeitar você, Mamma, mas isso acaba agora.

— E o que é que você está acabando? — perguntou Papai, estranhamente calmo.

Aquele tom me dizia o que ele pensava. Papai se alimentava de confronto. Vivia disso. Transformou a gente nos assassinos que somos à base de pauladas e bitucas de cigarro acesas. E enquanto fazia, jamais demonstrou fraqueza, assim como agora.

Olhando para ele, me lembrei do que estava em jogo. Se você desafia o rei, é bom não errar o tiro. Papai nos teve tarde, mas ele não era um velhinho fraco. Pelo menos, não o bastante pra deixar alguém achar que ele se entregaria sem luta. Quando ele se olhava no espelho, não via os cabelos brancos e as rugas. Ele ainda se via como um homem capaz de me enfrentar.

Respirei fundo, tentando me acalmar, e sacudi as manchas de molho de tomate do colete.

— Essa desconfiança acaba aqui — falei, sem precisar encará-lo. — Seu papel como chefe de nossa família terminou. Você sempre será nosso pai e terá o respeito que merece por isso. Mas no que diz respeito aos negócios da família, agora eu estou no comando.

— Eu não lhe entreguei nada, filho — ele disse, com frieza.

Olhei para ele, firme.

— Você não precisa me dar nada, Papai. Eu estou pegando.

Virei as costas para a mesa, atravessei a sala abarrotada dos meus pais e peguei meu paletó.

— Agora, pra resolver a bagunça que nossa família criou, vou me casar. Vocês podem apoiar ou não. Pra ser sincero, tanto faz. De um jeito ou de outro, esta família precisa de liderança para o futuro. E seu jeito antigo morreu, Papai.

— Se algum de vocês quiser comparecer ao casamento, mando o convite. Se não, não tô nem aí. De qualquer forma, vocês vão me respeitar. E, como o novo chefe desta família, vocês vão fazer o que eu mandar. Com isso, ajeitei meu paletó, lancei um último olhar à minha família atônita e fui embora.

Desci as escadas em direção à calçada, puxando o ar do Brooklyn para dentro dos pulmões, sentindo o cheiro característico das ruas. Por quê? Porque eu sabia que poderia ser meu último suspiro. Ninguém falava com meu pai daquele jeito e saía ileso. Ser filho dele não fazia diferença. Já ouvi dizer que, certa vez, Papai tentou matar o próprio irmão.

Ninguém pôde confirmar, porque o irmão dele sumiu pouco depois. Acredita-se que voltou para a Itália. De vez em quando, a gente recebia notícias dele, geralmente pedindo salvo-conduto para entrar no país. Mas o fato de eu nunca tê-lo conhecido mostra o quão bem Papai guarda rancor.

Virando a esquina, comecei a acreditar que tinha conseguido. Eu havia reivindicado minha independência e, pela falta de reação imediata dele, me proclamava vitorioso. Agora eu estava, oficialmente, no comando dos Ricci. E meu primeiro ato oficial seria casar com a mulher que permitiria que a minha vida de verdade começasse.

— Dante! — ouvi me chamarem quando eu estava prestes a entrar no carro.

Me preparei. Será que, ao me virar, tomaria um tiro na cabeça? Quem estaria me encarando? Seria o

Matteo? Eu tinha que considerar o quanto Papai o influenciava.

Sem opção de fuga, respirei fundo, girei nos calcanhares e me surpreendi.

— Lorenzo! O que houve? — perguntei, ao ver meu irmão que fugia desses jantares como da peste.

— Precisamos conversar — ele disse, se aproximando.

— Tudo bem. Mas não aqui — respondi, vasculhando a rua com o olhar e o convidando a entrar no carro.

Partimos rápido, passando pelos brownstones.

— Fala — pedi, sem tirar o olho do retrovisor.

— Tem um boato rolando. É sobre seu futuro casamento.

— Como é que meu casamento já virou boato? Só fechei esse acordo há seis horas — retruquei, com um mau pressentimento.

— Se você acha que fechou, precisa falar de novo com o Sato.

— Por quê? — senti meu pescoço esquentar.

— Não me mata, Dante — Lorenzo disse, nervoso; seu corpo magro e sem tatuagens destoava muito de mim e do Matteo. — Mas o Sato não pretende te oferecer a Yuki. Ele vai te dar o Kuroi.

Ele não poderia deixar de notar como eu fiquei pálido. Meu rosto formigava, e senti como se eu estivesse deixando meu corpo.

— Dante, você me ouviu?

— Ouvi.

— Ele quer humilhar nossa família — Lorenzo concluiu o óbvio. Parece que Sato não tinha superado a minha recusa inicial. Assim, ele achou um jeito de se vingar. Ele queria guerra pelo que Matteo fez ao homem dele. E a única saída era eu me casar com o filho dele, o chamado Viúva Negra.

— Você não tá pensando em aceitar, tá, Dante?

Olhei para fora, enquanto as palavras do meu pai ecoavam na minha cabeça. Ele estava certo sobre o Sato. Merda! Então, o que eu faço agora? Se eu desistir, Papai vai usar isso pra minar meu controle recém-conquistado. Se eu me casar com o filho bastardo do Sato, é quase certo que eu morra igual a todos os outros amantes dele.

Talvez eu estivesse pensando nisso do jeito errado. Talvez as histórias malucas que ouvi sobre o Kuroi não passassem de exagero. O boca a boca nas ruas às vezes erra. Pode ser que tudo que se fala sobre Kuroi seja exagerado. Porque ninguém pode ser tão pirado quanto dizem que ele é, certo?

# Capítulo 2

Kuroi

'Se eu ganhasse um dólar para cada vez que enfiaram bolas na minha boca nos momentos mais inoportunos', pensei, rindo.

Ainda assim, a que agora forçava minha boca a se abrir era culpa minha. Há muito eu tinha jurado que nunca mais seria amarrado nu no porta-malas de um carro. É a única forma de manter as lembranças de aniversário especiais.

Então, por que agora eu estava vendado e com uma mordaça de bola dentro do que devia ser uma Classe E de dois anos? Quem diabos sabe? Trinta minutos atrás, eu estava muito feliz preso a uma cruz de Santo André. Quer dizer, eu realmente gosto de testar limites. Mas, se a noite terminar com meu corpo morto sendo jogado numa vala, vou ficar muito puto.

Assim que os freios apertaram minha carruagem e paramos, bastou um segundo para a luz do sol tocar minha pele nua. Eu conseguia sentir duas pessoas me olhando de cima. Elas estavam se perguntando o que fazer.

Como estavam em silêncio, presumi que estivessem se comunicando por gestos. Interessante! Isso significava que não pretendiam me matar e esperavam sobreviver ao nosso pequeno encontro. Que fofo!

Quando um deles me agarrou pelas pernas e me jogou sobre seu ombro, soube exatamente para onde estava indo. A transição da luz do sol para o ar fresco confirmou isso. Se eu não estivesse cego pela esperança de que meu amante finalmente tivesse ficado criativo, teria percebido antes.

Só havia uma pessoa cujo perfume de mau gosto impregnava qualquer um que estivesse no mesmo cômodo. E a onda daquele aroma que fez cócegas no meu nariz quando fui colocado em uma cadeira confirmou tudo. Com a mordaça removida, engoli em seco e umedeci os lábios.

— Olá, pai — eu disse, sem precisar vê-lo ou ouvi-lo para saber que estava lá.

— Por que ele está nu? — perguntou meu pai, dirigindo-se aos homens.

— A pergunta é: por que você não está? Isto não é uma festa? Pelo menos era onde eu estava antes de seus homens decidirem que hoje era um bom dia para morrer.

— Encontramos ele assim, Chefe — disse um deles, com a dose certa de medo na voz.

— Eu estava no meio de algo — informei ao meu

querido velhote.

— E por que ele não está vestido?

— Achamos melhor mantê-lo preso para evitar que ele, sabe...

— Matasse vocês? Ah, já é tarde para isso — falei com um sorriso.

— Desamarrem-no. Vistam-no — ordenou meu pai, dirigindo-se à porta e, tolamente, nos deixando a sós.

— Vocês ouviram meu pai. — Imitei o jeito imponente e cheio de retidão dele. — Desamarrem-me! Vistam-me!

Nenhum dos dois se mexeu. Ainda vendado, presumi que estivessem novamente se comunicando por gestos.

— Eu sei. Escolha difícil. Vocês desamarram minhas mãos primeiro? Não, pois eu poderia fazer muita coisa com elas. Então, os meus pés? Mas eu poderia correr. O chefe não iria gostar disso. O que fazer? O que fazer? — eu provoquei.

  Depois do que pareceu uma eternidade de indecisão, meu amigo assustado optou por começar pelos meus pés. Puxando e forçando o nó bem apertado, deve ter sido tão surpreendente para ele quanto para mim que as cordas caíssem no chão e minhas pernas esguias se erguessem para se prender em volta do pescoço dele. Eu falei surpresa? Quis dizer inevitável. De que outra forma eu o mataria? Minhas mãos ainda estavam presas. Minhas pernas eram tudo o que eu tinha.

Sentindo a ligeira mudança de peso do corpo dele, girei, pegando-o de surpresa e o jogando de costas no chão. Depois fiz outra coisa óbvia: soltei-o, passei minhas mãos amarradas por baixo da minha bunda e usei a corda para estrangulá-lo até quase tirar-lhe a vida. Não cheguei a matá-lo de fato, pois não sou milagreiro. Ainda havia um segundo homem para lidar. Sem saber onde ele estava, eu poderia ter tirado a venda, mas onde estaria a diversão nisso? Eles não me chamavam de Viúva Negra pelas costas? Como continuariam a fazê-lo se a mamãe não alimentasse?

Ao ouvir uma rápida lufada de ar, saltei pelo cômodo e entrei em ação. Primeiro, ataquei as pernas dele, ouvindo o estalo de um osso se partindo. Vieram gemidos e grunhidos em seguida. Bem-feito por ser tão frágil. Esse é o problema dos brinquedos: eles quebram com facilidade.

'Eu sei, pai, é por isso que não podemos ter coisas boas.'

Meu pai nunca me disse isso de verdade. Gosto de fingir. Em outra vida, eu tinha um pai que colocava seu robe de fumar quando chegava em casa e acendia seu cachimbo. A economia bla, bla, bla. Barrigas de porco.

'Eu fiz um home run no jogo hoje, pai.'

'Fez mesmo? Bem, deixe-me apertar bem a sua mão. Os garotos na escola devem estar morrendo de inveja de você.'

'Ah, eles estão, pai. De inveja pura,' imaginei enquanto ouvia outro osso se partir.

— Kuroi! — disse outra voz familiar, tirando-me do meu transe. — Kuroi!

Tirando meu polegar da órbita ocular do homem, me virei na direção da voz e me levantei.

— Por que você precisa fazer isso?

— Por que eu preciso me divertir um pouco? — perguntei, levantando a venda para ver Yuki parada à minha frente. — O homem não vive só de pão, irmã.

Ao ver seu irmãozinho nu, Yuki desviou o olhar.

— Algo aqui que você nunca tenha visto antes? — falei com uma risadinha.

— Por favor, Kuroi, vista-se — pediu ela, segurando uma muda de roupa diante de si.

— Você é tão puritana — eu disse à mulher que provavelmente nunca vira um pau que não estivesse ligado a um irmão.

— Você não pode continuar desonrando nosso pai assim — ela declarou como se fosse um fato.

— Por que não? Pai não tem problema em me desonrar.

— Você merece coisa melhor, Kuroi.

— A gente recebe o que merece.

— Você não merecia nada disso.

— Yuki, você não sabe? É isso que acontece quando sua mãe é uma prostituta.

— Não diga isso.

— Mas ela era, não era? A prostituta do nosso pai. E é isso que bastardinhos como eu recebem.

O silêncio se estendeu entre nós enquanto eu me vestia. Certo, vou admitir. Não estou no meu melhor humor. Havia uma razão para os homens do pai me encontrarem onde eu estava. Não posso ser sempre o raio de sol que sou sem um pouco de alívio. O pai interrompeu meu alívio. Agora estou tenso.

 Vestindo o terno de seda que Yuki me entregara, dei uns tapinhas no meu cabelo rebelde e saí do escritório de proporções museológicas do meu pai. Atravessando o corredor com minha irmã obediente atrás de mim, chegamos ao meu quarto, e fui direto ao espelho.

Minha própria imagem me dava náuseas. Todos os meus irmãos eram como finas bonecas de porcelana. Até mesmo meus irmãos homens. Eu era cerâmica queimada. Em vez de repousar submisso e perfeito, como um japonês adequado, meu cabelo era como uma escova de aço espetada na cabeça.

 Mal disfarçando meu desgosto, foquei e vi Yuki me encarando pelo espelho.

— Nossa, como você está com uma cara estranha — eu disse, sem fazê-la desviar o olhar.

— Tenho algo para te contar.

Virando-me de volta para o espelho, enfiei os dedos nos meus cachos, tentando soltá-los.

— E o que é?

 — Pai planeja casar você.

Como se ela tivesse me estrangulado, todo o sangue

sumiu do meu rosto.
— Eu implorei para que ele não fizesse isso.
Minha cabeça girou. O que estava acontecendo? Casar? Eu?
— Se ele espera que eu lhe dê um herdeiro... — comecei, lutando para me manter em pé.
— Não é esse tipo de casamento — disse Yuki, abaixando a cabeça.
— Entendi. E que tipo de casamento é esse?
— Com o chefe da família Ricci.
Ao imaginar quem era, quase ri. Ele não tinha a reputação brutal do pai, mas não era muito melhor.
— Então, serei de novo a prostituta do nosso pai. Tal mãe, tal filho.
— Não vai ser tão ruim. E tenho certeza de que não vai durar muito.
— Você quer dizer porque eu vou matá-lo? — perguntei, sentindo a Viúva Negra pousar suas patas nos meus ombros enquanto eu a encarava.
Yuki não respondeu. O que ela poderia dizer? Em vez disso, eu continuei.
— E quando isso vai acontecer?
— Esta noite.
— Esta noite? — engasguei em choque. — Ele quer mesmo esse homem morto, não é?
Os olhos de Yuki se voltaram para o chão. Eu ri. Meu pai estava me casando com um homem hetero. Por que meu futuro marido aceitaria isso? Será que ele sequer sabe

que sou homem?

O que acontece quando ele descobrir? E será que devo ficar sem sexo até um de nós morrer? Se eu buscar o que preciso em outro lugar, ele vai achar que pode me tratar como essas pessoas tratam suas esposas infiéis?

O nome dele era Dante, não era? Ele certamente era o gostoso daquela família. Corpo definido, olhos gélidos e tatuagens do pescoço aos pulsos. Eu não me importaria que ele me tratasse como esposa de certa forma. Me pergunto quanto tempo levaria para ele se lembrar de que eu tenho um pau.

 Tirando o paletó, segui em direção ao closet.

— O que você está fazendo?

Virando-me, recuperando meu bom humor, respondi:

— É o dia do meu casamento, irmã. Estou me vestindo. Eu faria deste um dia para lembrar.

# Capítulo 3

Dante

Isso não é bom. Nada disso é bom pra caralho. Sato me fez esperar dois dias pra falar cara a cara e resolver essa merda de casamento, e eu não estou nem um pouco satisfeito.

Por mais estressantes que as coisas estejam depois do que o Matteo fez, eu não estava querendo morrer. Talvez os rumores sobre o Kuroi fossem verdadeiros. Talvez não. Mas, se casar com Kuroi não me matasse, me casar com um homem certamente mataria. Eu seria um alvo, principalmente para o Pa.

Ele não suportaria essa afronta à família. E como os homens de quem exijo respeito reagiriam ao me ver com um homem? Fraqueza é algo que te mata na minha área de trabalho. Então não há jeito de isso acontecer.

O problema é que aquele filho da puta da Yakuza nem quer falar comigo sobre o assunto. É, ele finge que não fala inglês, mas sei que entende cada maldita palavra. Fingir ignorância faz com que te subestimem.

Bom, adivinha, desgraçado: eu também conheço esse jogo e não vou cair nessa.

— Você tá bem, Dante? — Lorenzo perguntou do banco do carona. — Tá meio vermelho.

— Tô bem — respondi, definitivamente não me sentindo bem.

Eu sentia meu rosto pegando fogo, como se insetos estivessem rastejando por baixo da minha pele.

— Tem certeza de que seus contatos não têm nada que a gente possa usar nessa reunião? — perguntei, torcendo pra que surgisse um milagre.

— Não têm nada. Abordei isso por todos os ângulos possíveis. Sato não deve nada a nenhuma família de Nova York. Não há trabalhadores de porto que possamos pressionar quanto às importações, e com a estrutura do complexo deles, uma exterminação não era opção.

Olhei pra Lorenzo, impressionado. Ele realmente tinha considerado todos os ângulos. Se algo acontecesse comigo, ele deveria ser o próximo a assumir.

Mas ele nunca conseguiria. Liderar a família exigia tanta intimidação quanto negociação de bastidores. Lorenzo era um mestre em articulação, talvez até melhor do que eu. Mas suas habilidades paravam por aí.

Pra liderar uma família, você tem que lidar bem com pessoas. Lorenzo não faz o tipo. Quem tem esse dom é o Matteo. Mas o Matteo é um martelo que enxerga tudo como prego. Se eu pudesse unir esses dois irmãos, eles poderiam ser melhores do que eu jamais fui. Mas você não tira sangue de pedra. Com aqueles dois, você pega o que dá pra pegar.

— Decepcionante, Lorenzo. Eu contava que você conseguisse algo pra mim.

— Só posso trazer o que descobri. Inventar merda só ia acabar te matando.

— E nessa situação, essa não é a única consequência.

Ao parar diante da propriedade de Sato, tive que admitir que era impressionante. Ele de alguma forma recriou o Japão no interior de Nova York. Não funcionou totalmente. Pra ser sincero, o complexo parecia um desses castelos americanos dos anos 1920, mas com os telhados trocados pra dar aquele efeito curvo japonês.

O jardim, porém, era incrível. Tinha lagoas e aquelas árvores aparadas que lembram rabos de poodle. Na frente, havia areia com linhas desenhadas e uma grande pedra cravada. Até tinha uma daquelas estruturas que parecem escrita japonesa. Eu não via utilidade naquilo além de ficar bonito. Mas tudo ali contava uma história.

A história que aquilo contava era a de que Sato era um homem que fazia o impossível pra fingir não estar onde estava. Aposto que havia raiva por trás daquela expressão impassível. Devia haver um jeito de usar isso pra escapar do casamento. Mas como?

— Dante Ricci e família, aqui pra ver Sato — falei no interfone ao lado do portão.

— Estacionem. A segurança vai encontrá-los — respondeu alguém com sotaque japonês.

Virei pra Lorenzo.

— Seja o que Deus quiser.

— Tem certeza de que não seria melhor resolver isso em silêncio?

— Se você tá perguntando se é melhor dar fim em um cara com uma das melhores seguranças da cidade, eu tenho certeza de que não — falei, vendo um lampejo do Pa nele.

— Pensa bem — ele insistiu, se inclinando pra examinar o lugar. — Poderíamos colocar um franco-atirador na linha de árvores. Ou nem precisaria ser aqui. Tem uns telhados sem vigilância perto do escritório dele. Com o atirador certo, a gente resolveria o problema em um segundo.

Olhei pra Lorenzo, sentindo o coração disparar. Sem dúvida, ele era mesmo filho do nosso pai.

— Nem pensa nisso, Lorenzo. Ou melhor, pensa no que vem depois. Você acha que o pessoal dele no Japão não ligaria o sumiço com a proposta de casamento forçado? Quanto tempo até a merda bater no ventilador?

— Existem jeitos melhores de lidar com as coisas, Lorenzo. Tô te dizendo, você e o Matteo são iguais.

— Não me compara àquele desgraçado.

— Ei, cuidado com o jeito que fala do seu irmão.
— Do que você tá falando? Você o chama assim o tempo todo.
— Porque eu sou o cara que tem que limpar as cagadas dele. Quando isso for sua função, você pode chamá-lo como quiser. Até lá, ele é seu irmão, e você ama ele.
— Tanto faz — Lorenzo resmungou, afundando no assento.

Talvez não fosse a melhor ideia irritar a única pessoa que estaria comigo se algo desse errado. Mas o Matteo precisava de toda ajuda que pudesse ter. Eu não podia deixar o Lorenzo simplesmente virar as costas pra ele.

Quando saí do carro, quatro homens de Sato apareceram. Alguém lá dentro devia achar que aquilo era uma demonstração de força impressionante. Na verdade, se eu estivesse disposto, aqueles quatro nem me atrasariam.

— Armas?
— A gente não vai entregar nossas porras de armas — Lorenzo rosnou.
— Lorenzo, entrega logo sua porra de arma — ordenei, estendendo a minha. — Vamos entrar na casa de Sato. Precisamos mostrar o respeito que ele merece.

Sim, Lorenzo estava puto comigo. Grande coisa. Ele supera.

O interior da casa de Sato era tão impressionante quanto o jardim. Não dava pra fazer muito com a arquitetura dos anos 1920, mas ele deu um jeito. As vigas de madeira expostas no teto, o design minimalista dos azulejos e da madeira... Eu me sentia em outro mundo.

— Por aqui, por favor — disse o homem mais alto, me guiando até uma sacada que dava vista para hectares de terra.

Já havia um homem lá. Não era Sato, mas alguém que estava parado humildemente, usando algo parecido com um traje cerimonial japonês, com um livro na mão.

— Você, aqui — o segurança de Sato disse, indicando para que eu ficasse ao lado do homem. — Você, ali — e conduziu Lorenzo para o outro lado.

Lorenzo me olhou, perguntando se devia fazer isso. Assenti e me aproximei daquele que presumi ser o intérprete de Sato. Afinal, Sato "não falava" inglês. É, sei.

Ficamos ali, num silêncio desconfortável, por uns bons sessenta segundos, até Sato chegar. Estranhamente, ele não olhou pra mim. Com os olhos baixos, posicionou-se a mais de um braço de distância, do outro lado da sacada, próximo de Lorenzo.

O que estava acontecendo? Eu sabia que a cultura japonesa tinha mil costumes de reverência e tal, e muitos se aplicavam aos negócios. Mas eu não entendia o suficiente pra julgar o quão estranho aquilo era.

Ficou ainda mais bizarro quando começou a tocar música. Qualquer música numa negociação já seria estranha, mas era aquela música "wah-wah", típica dos momentos calmos em filmes de samurai. Por que agora? Quando mais alguém entrou na sacada, tive um forte palpite do que estava rolando. Não faço ideia de quem fosse, mas o desgraçado usava um vestido de casamento japonês. Reconheci na hora. E ele levava um buquê.

— Ah, não. Sato, não — protestei, sem tirar os olhos da minha "noiva".

Sato grunhiu. Foi alto. Acho que o desgraçado acabou de me repreender em japonês. Quem ele pensa que é?

Eu estava prestes a mostrar o que pensava daquela palhaçada dando um soco na garganta dele, quando o barulho dos tamancos da minha noiva chamou minha atenção. Era madeira batendo em madeira.

Olhando de novo para a minha noiva, algo em mim despertou. Quem era aquela pessoa? Você pensaria que eu reconheceria só de bater o olho, mas o vestido — ou quimono, seja lá o que fosse — tomava metade do espaço. E quase nada da noiva ficava visível. Não tinha véu, mas aquele chapéu estranho cobria o cabelo, enquanto a maquiagem deixava o rosto completamente branco.

Seria a Yuki? Será que o Sato finalmente havia cedido e me dado a noiva perfeita?

Enquanto ela avançava lentamente, olhei mais de perto. Não tinha certeza, mas parecia ela. Meu Deus, que coisa linda. O manto bordado em dourado e azul, com imagens do Japão antigo, exibia muitos pássaros — talvez garças?

Só que foram os olhos da minha noiva que realmente me pegaram. Eles me encaravam sem recuar, ferozes e selvagens, e ao encará-los senti vontade de destruir tudo. Não pra fugir dela, mas pra tê-la comigo.

Quando a noiva parou na minha frente, ao lado do homem, percebi quem ele era: não um intérprete, mas um padre.

Era isso. Não haveria negociação. Sato me trouxe aqui pra cerimônia. E quando o padre começou a falar em japonês, entendi que, se eu não fizesse nada, em um minuto eu estaria casado.

Mas com quem? Yuki? Não poderia ser, não com aqueles olhos. Ah, droga, aqueles olhos... Fiquei duro só de olhar pra eles. Que porra estava acontecendo?

Com o olhar da minha noiva ainda fixo em mim, ela assentiu. O que foi isso? O que acabou de acontecer?

— Hai — ela disse.

Caramba. Será que isso era "eu aceito"?

O padre inclinou o rosto na minha direção, dizendo algo. Eu não fazia ideia do que fosse. Ele poderia estar pedindo meu fígado, por tudo que eu sabia. E, quando parou de falar, tudo ficou ainda mais louco.

— Acho que você tá se casando, mano — Lorenzo avisou, cheio de obviedade.

— Não me diga! — retruquei em pânico.

— O que você quer fazer? — ele perguntou, pronto pra reagir. — A gente sai correndo daqui. É só falar.

— Me dá um segundo — pedi, com o coração disparado.

Eu devia dar o fora, certo? Isso tudo era uma armadilha. Eu não tinha concordado com nada.

Por outro lado, havia aqueles malditos olhos. Eles me afetavam de um jeito indescritível. Me deram vontade de arrancar aquele vestido inteiro e arrasar com ele. Mas... ele seria mesmo "ela"? Poderia ser "ele"?

Kuroi era homem. Eu já o tinha visto antes. Pele morena. Mãos delicadas. E... ah, droga, aqueles olhos. Eu estava encarando os olhos de Kuroi.

Antes que eu percebesse, eu falei. Nem sei como, só sei que falei.

Foi "Hai" ou "Hi"? Tanto faz, soou como "eu aceito".

Eu falei aquilo? Falei. Eu acabei de me casar com Kuroi Sato, a porra da Viúva Negra. Que diabos eu estava fazendo?

Antes de eu entender, a Yuki entrou. Não havia como confundir as duas. Com a cabeça baixa, ela trouxe uma bandeja com duas doses de bebida. Momento estranho pra isso, mas depois do que eu tinha feito, eu beberia qualquer coisa forte.

Quando ela se aproximou, o padre gesticulou pra eu pegar um dos copinhos. Eu peguei. A pessoa na minha frente também. O padre indicou que bebêssemos. Kuroi me encarava, esperando. Era isso? O "aceito" final? Se eu não bebesse, ainda teria chance de escapar?

Com o copinho na mão, eu o ergui. Olhando naqueles olhos hipnotizantes, levei o líquido aos lábios. Em sincronia, Kuroi inclinou a cabeça pra trás. O álcool doce desceu queimando minha garganta.

— Hai — Sato disse, aparentemente satisfeito, antes de se virar para sair.

Era isso. Eu fiz. Eu me casei. Que merda eu fiz?

Olhando para minha noiva, minha mente girava. O que eu devia fazer agora? Eu conseguiria dar um jeito nisso, tinha certeza. E, enquanto meu cérebro criava mil planos, minha noiva se inclinou e me beijou.

Suave, gentil. Aqueles eram os lábios dele. Sim, dele, não dela. Em um segundo, minha mão estava no pescoço dele — tão pequeno, estreito. Meu polegar tocava a mandíbula, eu o sentia abrir. Me perdendo, senti minha língua invadir.

Vivo. Me senti tão vivo. Quando nossas línguas se tocaram, elas dançaram. Aquilo estava tão quente que minha cabeça doía. Era o tipo de beijo sem volta, puro desejo.

Ele era pequeno. Eu podia esmagá-lo com as mãos, consumi-lo por inteiro. Eu queria cada centímetro dele, possuído, marcado como meu. Meu coração acelerado deixava claro. E quando soltei, quando rompi o contato, despertei.

— Dante? — Lorenzo me chamou, me arrastando de volta pra realidade.

Ah, droga! Que merda eu fiz?

Um calor tomou conta de mim. Era sufocante. Eu não deveria estar ali. Não deveria fazer aquilo. Não agora. Não diante de ninguém.

Ninguém podia me ver assim. Jamais. Eu tinha que cair fora. E, encarando os olhos espantados do meu irmão, foi o que fiz.

Disparei da sacada e atravessei a casa, indo pro carro.

— Dante? — Lorenzo gritou, vindo atrás.

Eu não podia encará-lo. Não agora. Eu só precisava fugir.

Peguei as chaves, entrei no carro. Girei o motor e pisei fundo, saindo de lá. Se o portão não estivesse aberto, eu o teria derrubado. Não foi preciso. Conforme as árvores passavam rápido ao meu redor, abaixei o vidro pra respirar.

Eu não conseguia respirar. Por que não conseguia respirar? Mexi-me no assento, tentando organizar os pensamentos. Eu sou Dante Ricci. O chefe da família Ricci. Eu não beijo homens. Eu não...

Foi então que senti. Uma picada no pescoço. Será que fui baleado? Toquei o ponto e olhei para minha mão. Tinha sangue ou não? Eu não conseguia dizer. Estava difícil enxergar. Olhando de volta para a estrada, percebi a velocidade absurda a que eu dirigia.

— Merda! — gritei, antes de tudo ficar escuro e eu ouvir o estrondo de uma batida.

# Capítulo 4

Dante

"O que aconteceu?", pensei, enquanto minha mente emergia do vazio. Onde eu estava? A última coisa de que me lembrava era de um casamento. Não, espera, eu estava no carro, fugindo de um casamento. Não, eu estava fugindo do meu casamento.

    Droga! É isso. Eu fui até a casa do Sato para negociar e evitar me casar com o filho dele, mas acabei me casando na hora. Então ele me beijou, eu saí correndo, senti algo como uma picada no pescoço e tudo escureceu.

    Acho que bati o carro. Será que ainda estou dentro dele?

    Forcei os olhos a abrirem e não vi a minha BMW. Eu estava deitado em um quarto branco. Ao focar melhor, notei um monitor de pulso e uma TV na altura do teto. Era um quarto de hospital, e eu me sentia uma droga.

Olhando em volta, vi apenas uma pessoa. Era Lorenzo. Ele estava entretido no celular, mas ao me mexer, olhou pra mim.

— Dante, você acordou. Graças a Deus! — disse ele, vindo depressa pro meu lado.

Tentei falar, mas nada saiu.

— Calma. Vou chamar o médico. Por um instante achei que você não fosse melhorar — ele falou, sorrindo, antes de sair do quarto.

Ele ficou preocupado? Por quê? Será que aconteceu mais alguma coisa depois de alguém ter me atacado?

Eu precisava me recuperar, e rápido. Bom, pelo menos falar. Tentei erguer a mão, movi-a até o peito.

Me sentia dopado. Devem ter me dado analgésicos. Então levaria horas até eu voltar a ficar de pé. Aí eu poderia ir embora e descobrir quem me atingiu.

Eu estava tateando o próprio corpo pra achar o ferimento quando a porta se abriu de novo e entrou uma médica. Parecia bem mais jovem do que os médicos que costumo ver. Também não era da nossa família — o que talvez fosse bom.

— Não, não faça isso — ela interrompeu, impedindo que eu me tocasse.

Sem entender direito a situação, baixei a mão e tentei falar de novo.

— O que... aconteceu? — consegui sussurrar, com a garganta seca como um deserto.

— Talvez você precise beber algo.

A pequena doutora indiana se voltou para o meu irmão:

— Você se importaria de pedir a alguma enfermeira que traga algo pra ele beber?

— Claro.

— E pode deixar a gente a sós, depois que fizer isso? — ela pediu, e Lorenzo olhou pra mim.

Assenti, e ele topou. Eu queria entender o que tinha acontecido antes de falar na frente de todo mundo.

Com Lorenzo fora, a médica se aproximou da cama. Tinha olhos gentis e me inspirava confiança.

— Sou a Dra. Rohit. Você está no Hospital Garrison porque sofreu um acidente de carro — explicou ela.

— Bati em alguma coisa — lembrei. — Foi numa árvore, né?

— Foi.

— Alguém me deu um tiro no pescoço e eu desmaiei.

Ela me olhou confusa.

— Desculpe?

— Levei um tiro. Acertaram meu pescoço. Isso me fez perder o controle.

Ainda confusa, a doutora segurou meu queixo e virou minha cabeça. Não achando nada de um lado, virou do outro.

— Por que acha que foi baleado no pescoço? — ela perguntou, a testa franzida.

— Porque eu senti. Foi bem aqui — apontei novamente.

Pra minha surpresa, não só meu pescoço não doía, como não havia ferimento nem curativo.

— Não entendo. Eu senti isso.

— Pelo que nossos exames mostram, você não teve nenhum tipo de lesão que rompesse a pele. Talvez fique com um hematoma no peito, por causa do cinto, e sua cabeça possa estar confusa pela pancada do airbag. Mas, milagrosamente, além disso, você está bem.

— Eu tô bem? — repeti, sem acreditar. — Então por que eu desmaiei?

A médica enfiou as mãos nos bolsos, relaxando.

— Foi por isso que pedi para conversarmos a sós.

— Ok — falei, preparado pra tudo.

— Eu sei como a imagem pode ser importante no seu mundo...

— Que mundo seria esse? — interrompi.

— Não faço ideia — ela recuou, delicada. — Mas achei que você gostaria de privacidade ao saber que bateu o carro depois de desmaiar por um ataque de pânico.

De todas as possibilidades, ataque de pânico nem tinha passado pela minha cabeça. Levei um instante pra processar.

— Não. Qual a outra opção?

— Isso não é uma lista de múltipla escolha.
— Não pode ser. Eu não tenho ataques de pânico.
— Você está sob mais estresse que o normal ultimamente?

Estresse? Vamos ver: meu irmão idiota matou um membro importante da Yakuza, estou esperando meu pai tentar me tirar do comando da família, e fui forçado a me casar com um homem que supostamente matou todos os amantes anteriores.

— Nada fora do usual — menti.

— Ainda assim, todos os seus sintomas indicam um ataque de pânico agudo, que levou à tontura, ao desmaio e ao acidente. Aconteceu algo muito estressante logo antes da batida?

Vejamos: o homem com quem acabei de me casar me beijou na frente do meu irmão e de um dos meus maiores rivais, e foi tão bom que eu quase explodi.

— Nada que eu lembre — respondi.

— Entendi — ela disse, pensativa. — Bem, ainda estamos rodando alguns testes. Mas se nada contrariar, eu recomendo que você reduza seus níveis de estresse. Consegue tirar um tempo do trabalho?

— De jeito nenhum. E também não é possível que eu tenha tido um ataque de pânico. Espero que não tenha anotado isso no prontuário — falei, com a ameaça implícita na voz.

— Você foi trazido por alguém da família Sato. E vamos dar a você a mesma privacidade e descrição que damos a eles.

Ah, agora eu entendia. Era a médica do Sato, que falaria qualquer coisa que ele quisesse.

— Entendi — falei, minha mente voltando aos trilhos. — Mas e se não foi ataque de pânico? Que outra explicação poderia haver?

— Como assim?

Pensei no Kuroi.

— Há um histórico de homens como eu tendo ataques cardíacos. É possível que tenha sido isso?

Ela me olhou, confusa de novo.

— Sim, é possível. Mas normalmente um homem da sua idade e condição física não seria candidato a um infarto. E rodamos testes pra ver se havia marcadores de um evento cardíaco; todos negativos.

— Mas ainda assim poderia ter sido um ataque cardíaco, né?

— Os sintomas podem aparecer de forma semelhante. Mas, como eu disse, a hipótese mais provável continua sendo ataque de pânico.

— Então ou eu tive um ataque de pânico, que me faria fraco demais pro que eu faço, ou tive um ataque cardíaco em circunstâncias muito suspeitas. É isso, doutora?

— Ataques de pânico podem ser controlados com mudanças no estilo de vida e técnicas de regulação... — ela respondeu, desviando.

— Entendi. Doutora, também é possível que tenham atirado em mim com outra coisa? Não uma bala, mas talvez um dardo? Porque eu juro que senti algo acertar meu pescoço. Um beliscão assim poderia ser sintoma de ataque de pânico?

— Não costuma ser. Mas...

— Então quer dizer que é possível que alguém tenha me atingido no pescoço.

— Sr. Ricci, costumo ver que a causa mais provável geralmente é a correta.

— Só responde. Beliscão no pescoço é sintoma de ataque de pânico?

— Não, Sr. Ricci.

— E poderia algo relacionado a essa "picada" levar a um ataque cardíaco sem deixar esses marcadores que vocês procuram?

A Dra. Rohit hesitou.

— Como eu disse, a causa mais provável geralmente é a real...

— Doutora...

— ...Mas sim. Um golpe ou injeção no pescoço poderia tanto causar um ataque cardíaco quanto ser sintoma dele, dependendo da origem.

— E o que causaria algo assim?

Ela balançou a cabeça, relutante.

— Um veneno. Mas, Sr. Ricci, não há evidências e, novamente, a causa mais provável...

— É um ataque de pânico. Beleza. Quando posso ir embora?

— Se foi mesmo ataque de pânico, podemos liberar assim que você se sentir bem pra levantar. Se for algo cardíaco, precisamos de mais exames.

Olhei para ela, quase rindo.

— Entendi. Que tal eu mesmo me liberar quando estiver pronto? Vamos com essa opção.

— Como quiser — ela disse, com aquele olhar de quem tem certeza que foi ataque de pânico.

Ok. Ela que acredite no que quiser, contanto que eu saia daqui.

— Manda meu irmão entrar, por favor — pedi, encerrando a conversa.

— Vou chamá-lo — ela disse, educada, antes de sair.

— Qual o veredito? — Lorenzo perguntou, entrando logo depois.

— Acho que fui envenenado — falei, testando aquilo na minha cabeça.

— Kuroi! Mas como? Pelo beijo!

— Pelo beijo — concordei, sem dar corda pro que a médica sugeriu.

— Ele te envenenou com um beijo — Lorenzo deduziu, rindo. — Isso explicaria a sua cara em seguida. Parecia que você tava drogado.

— Como assim?

— Você ficou com uma expressão de quem não sabia onde estava. Depois foi embora correndo.

— É, acho que foi isso — respondi, lembrando do beijo.

Aquilo era verdade? Conforme as memórias voltavam, percebi que o que quer que eu tivesse no rosto não era efeito de droga nenhuma. Não costumo sair beijando homens, ainda mais na frente de gente que me conhece. E do jeito que aconteceu, com ele...

Que diabos o Kuroi tem? São os lábios? Os olhos? Ah, sim, o jeito como ele me olhou. Parecia que ele tinha entrado em mim, preenchido um espaço vazio.

Mas, se fui envenenado, só pode ter sido no beijo. Será que era assim que ele matou os amantes anteriores? O beijo da morte? E não foi muito depois que apaguei.

— O que você vai fazer agora? — Lorenzo me trouxe de volta. — E você sabia que Sato ia armar aquilo? Aquela cerimônia do nada? Foi loucura!

— Se eu soubesse, você acha que eu teria ido daquele jeito?

— Sei lá. Por um instante, você pareceu até curtir.

— Porra nenhuma! Foi uma jogada pra me pegar de surpresa.

— Então não entendo. Por que você foi até o fim? Por que não parou?

Boa pergunta. E então lembrei do olhar de Kuroi.

— Fiz isso pela nossa família — menti.

Lorenzo jogou a cabeça pra trás, admirado.

— Você é mais homem que eu, Dante — ele disse, soltando um riso.

— E não esquece disso — brinquei.

— Então, o que vai fazer agora? Não vai morar com ele, vai? Ele já tentou te matar.

Essa era a questão. Morar juntos nem foi discutido com Sato. Quando achei que me casaria com Yuki, fazia sentido — viveríamos juntos, uma das vantagens do casamento. Mas agora... porra.

Como seria dividir teto com Kuroi? Se ele tentou me matar, o fato de ter falhado não o impediria de tentar de novo. Quanto tempo eu duraria dormindo com um olho aberto?

E qual foi a dele vestindo aquela roupa de noiva? Sim, ele tava gostoso pra caralho, mas se casei com um homem, ele não deveria se comportar como homem? Tudo bem, fazer sexo com homem é outra história — afinal, homem tem coisas que mulher não tem. Mas, ainda assim, achei que se comportaria como homem.

Caramba, mas ele tava lindo demais naquele vestido. Se é pra ter um noivo homem, aquele seria o mais gostoso do universo. Desembrulhar aquele presente seria a glória da minha vida. Fico duro só de pensar.

— É um casamento de conveniência — expliquei pro Lorenzo. — A ideia é mostrar que nossas famílias agora são uma só. Viver juntos seria a lógica.

— Uau! Meu irmão se casou com um homem — Lorenzo comentou, quase sem acreditar.

— Não ache que isso vai me impedir de quebrar sua cara se precisar — rebati, sério.

— Eu acredito. Se você foi capaz de fazer isso, imagino do que mais seria. Embora o homem com quem você se casou provavelmente vá te matar antes do sol nascer. Mesmo assim.

— Não se preocupa comigo. Eu sei me cuidar. No dia em que eu deixar um twink maluco me impedir de fazer o que eu quero, o inferno estará congelado.

— Twink? — Lorenzo estranhou.

— É assim que chamam caras como o Kuroi, né? Foi o que ouvi.

Lorenzo me olhou, desconfiado. Droga! Tô casado com o Kuroi há um dia e já tô me entregando. Talvez morar junto seja exagero. Preciso repensar.

Casar é uma coisa. Antigamente, reis casavam até com as primas. Não significava que vivessem juntos.

É isso que vou fazer. Já estou casado. Não posso desfazer isso. Mas não vou morar com ele. Nem hoje, nem nunca.

E, se o Sato perguntar o motivo, vou dizer que ele me empurrou pra esse casamento. A humilhação da minha família não vai passar disso.

Decidido. O Kuroi, custe o que custar, nunca vai morar na minha casa. Nunca.

# Capítulo 5

Kuroi

O que um garoto deveria vestir no dia em que se mudava para a casa do marido? Tantas opções. Revirando meu armário, era difícil escolher.

— Vamos ver — falei, deslizando os dedos pelas roupas. — Stella McCartney, Victoria Beckham? Armani seria um clássico. Quando o vi, tive certeza. Alexander McQueen. Elegante e feroz. Uma garota precisava causar uma boa impressão em seu primeiro dia. Será que meu novo marido estaria lá? Ao que tudo indicava, ele tinha sobrevivido ao encontrozinho com os deathies e planejava voltar para casa.

Sua nova esposa deveria recebê-lo, não deveria? Emoldurado em Alexander McQueen, eu o cumprimentaria na porta de braços abertos.

— Está decidido, Alexander McQueen. Coloquem o resto nas malas — instruí os homens do meu pai, que insistiram em me acompanhar.

Escolhendo uma calcinha preta da minha gaveta, vesti-a e me enfiei no McQueen. Sendo a diva, fiz minha maquiagem Douyin. E, para completar o visual, selecionei algumas penas para o cabelo. Fitando-me no espelho, eu queria que ele me visse. Esse look não podia ser desperdiçado.

Quantas noites poderíamos compartilhar antes de ele morrer? Ele quase não sobreviveu ao nosso dia de casamento. Teria sido uma pena também, considerando o nosso beijo.

E deixa eu te dizer, aquele beijo... Minha língua já entrou na garganta de muitos homens héteros. Nenhum deles me fez sentir aquilo. Foi o bastante para dar esperança a uma garota.

Não é assim que todo casamento deveria começar, cheio de esperança e promessas? Eu era uma noiva corada, afinal. E ele, meu querido Dante, era meu grande e mau marido.

Relembrando o beijo, me perdi na lembrança. Como ele me fez sentir o que senti? Eu o beijei para deixá-lo nervoso, para tirá-lo do sério. Em vez disso, senti algo.

Consegue me imaginar sentindo alguma coisa? Sentir não tinha saído de moda nos anos 80? Mas, pensando bem, o retro chic estava em alta.

Com um baú dos meus itens essenciais arrumado, fui colocado no helicóptero do meu pai e voei para a cidade. Onde meu noivo morava, me perguntei? Ao pousar no heliporto de um prédio no centro, fiquei feliz em descobrir que era na cidade. Eu teria odiado ter que atravessar a cidade para frequentar meus lugares de costume.

Mas agora que eu era esposa, talvez a minha vida mudasse. Eu ainda fecharia as casas noturnas de Manhattan quando tivesse afazeres de esposa para cumprir? Talvez, em vez disso, eu fizesse o jantar todas as noites, perdendo-me na felicidade conjugal. Seríamos eu e meu maridinho enfrentando o mundo juntos.

Minha gloriosa fantasia acabou quando cheguei ao prédio dele parecendo ter saído de uma passarela, e o homem na recepção tentou me impedir de pegar o elevador. Pensei em cortar a garganta dele enquanto falava sem parar sobre eu não estar na lista? Claro que pensei. Por que não fiz? Olá, Alexander McQueen!

Em vez disso, os homens do meu pai quebraram alguns dos dedos dele, pegaram a chave e me conduziram para cima. O elevador se abriu direto no apartamento. Observando a decoração surpreendentemente de bom gosto, o espaço aberto e a vista do Central Park pelas portas de vidro que iam de parede a parede, eu não odiei.

— Isso vai servir — comentei, instruindo os homens a largar minhas coisas na sala de estar e irem embora.

Sozinho, analisei o lugar novamente. De cara já vi como alguém poderia ser jogado da sacada, desossado com as facas da cozinha e sufocado com qualquer um dos surpreendentemente numerosos travesseiros. Quanto às saídas, só havia um caminho, o elevador. Prédios assim exigiam uma segunda saída para emergências de incêndio. Eu teria que descobrir onde ficava.

Agora a pergunta mais importante: ele tinha câmeras de segurança? Qualquer pessoa com menos de 70 anos, na posição dele, teria. Meu pai, preso às tradições do velho país como estava, tinha uma câmera em cada cômodo. Até no meu.

Quando eu a arrancava, os homens dele a recolocavam. Isso me irritava, até eu descobrir o quanto gostava de dar show. O que tornava tudo melhor era não saber quem estava assistindo ou se alguém estava assistindo. Quando eu via alguém reagir de maneira diferente depois de um show mais vigoroso, esperava até que estivesse sozinho e o marcava.

Nada dramático. Apenas um pequeno corte vertical sob o olho esquerdo. Em alguns meses, a maioria das pessoas mal notaria a cicatriz. Mas ele saberia que estava lá e nunca esqueceria. Depois disso, nunca mais arruinaram minhas fantasias.

Então, será que meu marido espalhou câmeras por aí? Percorrendo o espaço devagar, eu precisava descobrir. A sala de estar era espaçosa e luxuosamente creme, mas sem câmeras. A cozinha era moderna e parecia surpreendentemente usada, ainda assim, não havia nada gravando.

Havia três quartos para escolher. Dois eram quartos de hóspedes com camas king-size, mas sem câmeras. E, finalmente, o quarto dele.

    Senti uma adrenalina ao caminhar até lá. Como seria o quarto de um homem que beijava daquele jeito? A resposta: tinha cara de sexo. Havia um cheiro no ar. Seria o dele? Esse cheiro rasgou meu interior. Uma onda de calor subiu pelo meu pescoço e girou até a virilha. Fiquei tão duro que doeu. Mais do que isso, não havia uma única câmera no lugar. Não apenas no quarto, em todo o apartamento. Só podia haver uma razão para isso: meu maridinho fazia coisas ali que não queria gravadas. E, aquele beijo...

    Ah, eu ia transar com ele. Eu tiraria o Tom Ford dele, agarraria o que surgisse e sufocaria com a minha garganta. Eu me tornaria um dos segredos dele. Reavaliando o espaço, não havia dúvidas, isso daria muito certo.

    Ao ouvir um som que vinha do elevador, quase engasguei. Ele estava aqui. Meu marido chegara. Nada me deixava nervoso, mas ouvir aquilo fez minhas pernas tremerem. Olhe para mim, a noiva virgem.

    Procurando o banheiro, corri até lá e chequei meu rosto. Eu queria estar perfeito. Bom, talvez não perfeito, mas minha maquiagem precisava estar impecável. Ajustando as dobras do meu terno, me recompus, voltei à porta do quarto e me apresentei a ele.

Eu o vi antes que ele me visse. Usei o tempo extra para fazer uma pose no batente da porta. Aquela seria a primeira impressão dele. A pose precisava ser dramática. E foi. Quando ele se virou e nossos olhares se encontraram, ele congelou.

Foi como o momento antes de nos beijarmos. Eu conseguia enxergar dentro dele. Ele era fúria e fogo sob uma crosta de lava. A qualquer instante, poderia explodir. Sentindo a raiva dele emergir, inspirei, tremendo e...

— Ugh — ele resmungou, virando o rosto entediado e seguindo rumo à cozinha.

Espera? Ele acabou de "ugh" para mim? Raiva, tesão e loucura existem e ele... me ignorou? "Ah, não!", pensei, sentindo um estalo na cabeça.

— Olá, sua esposa está em casa — avisei, dando a ele uma segunda chance.

Ele me lançou outro olhar.

— Tudo que vejo é um menino vestido com roupas de mulher.

Num instante, fiquei cego de raiva.

— Isto é Alexander McQueen!

— Não sei quem é esse. E cuidado com o que você encosta com essa maquiagem toda. Ou isso, ou aprenda a usar um vaporizador de limpeza.

Foi então que minha mente voou para outro lugar. Ali, percebi que não havia me "acessorizado" adequadamente. Achei que trazer minhas facas seria exagero, considerando o quão justo era meu traje. Então, correndo pela sala antes que meu marido pudesse abrir a geladeira, peguei uma das facas dele no bloco de cortar.

Eu gostaria de dizer que houve um motivo para escolher aquela faca em específico, mas eu não estava mais no controle. A Viúva Negra havia tomado conta e, ao que parecia, ela não sentia o mesmo que eu pelo homem novo da minha vida.

Com um golpe rápido, ela enfiou a faca de ponta fina na parte de trás da coxa do meu marido. Não esperava ouvi-lo gritar. Ele tinha que saber que isso aconteceria, não tinha? Ele praticamente implorou por isso, não foi?

Ainda assim, a picada o despertou. Mesmo assim, eu esperava que ele fosse mais rápido. Antes de ele se virar, ela o acertou de novo. Dessa vez, na lateral. Ela tinha uma queda por ele, pois errou os órgãos. Foi mais como um Prince Albert que entrou de um lado e saiu pelo outro.

Só então meu maridinho reagiu. Ele era surpreendentemente ágil para um homem mais velho. Com a lâmina ainda fincada nele, ele levou a mão para trás e agarrou meu pescoço. Dobrou meu corpo primeiro e me jogou do outro lado da sala. Meu marido era forte.

Se esse era o plano dele para deter a Viúva Negra, ele estava enganado. Sem a faca, ela se recompôs e pulou de volta. Saltando no ar, ela pousou no pescoço dele. Segurando-se enquanto ele girava, o aperto dela

afrouxou quando ele a prensou contra a geladeira.
Ele era realmente forte. E, quando repetiu a ação com o dobro de força, ela largou o pescoço dele, permitindo que ele a pegasse pela garganta, erguesse sobre a cabeça e a jogasse no sofá.

Com as mãos dele apertando meu pescoço, vi a vida voltar aos olhos dele. Ele havia escolhido a loucura. Era glorioso ver. A visão disso afastou a Viúva Negra e me trouxe de volta.

As mãos do meu marido eram poderosas. Eu estava indefeso. Ele poderia me matar apenas apertando mais. Será que ele o faria? Quando a escuridão tomou minha visão, não tive certeza.

Quando voltei a mim, as coisas estavam bem mais calmas. Meu marido não estava mais me estrangulando até a morte e eu não estava mais tentando matá-lo. Em vez disso, eu tentava desesperadamente recobrar o fôlego e ele estava fazendo pressão nos pontos onde havia sido mordido pela aranha.

— Precisa de ajuda com isso? — perguntei, encontrando minha voz.

— Você é completamente maluco — ele disse, quase sem me olhar.

— Mas, querido, eu sou o seu maluco — ronronei.

— Sorte a minha — ele bufou, sarcástico.

— Acho que você estragou minha maquiagem — admiti, sem querer me olhar no espelho.

— Acho que você me esfaqueou pelas costas.

— Foi só um tapinha de amor.
— Você chama isso de amor?
— Acha que eu não saberia encontrar uma artéria? — perguntei, casualmente.

Meu marido parou, voltando à sobriedade.
— Não sei. Você saberia?
— Existem seis artérias que, quando cortadas, muito provavelmente resultariam em morte. No pescoço, no peito, na clavícula, no braço, na pelve e, ah, sim, a uns dez centímetros de onde você foi mordido na coxa.
— Merda! — ele murmurou.
— Como eu disse, foi um tapinha de amor — expliquei, antes de ele se levantar, ir até o quarto e trancar a porta atrás de si.

Isso tornaria minhas obrigações de esposa na nossa noite de núpcias um desafio. Parece que tomei "aquela conversa" à toa.
Ainda com esperança de que ele só precisasse arrumar o quarto antes de me convidar para entrar, me ajeitei no sofá e esperei ele voltar. Fiquei encarando a porta a noite toda. Ele não saiu. Permanecendo ali, ainda acordado quando o sol surgiu entre os arranha-céus, finalmente ouvi a porta dele se abrir.

Sentando-me, eu devia estar horrível. Eu deveria ter me limpado. Eu estava com a maquiagem de ontem e o terno amassado. Em que eu estava pensando? Não era jeito de segurar um homem.

Deixando minha desleixo de lado, pus as mãos no colo e assumi a visão da elegância. Não tinha como ele resistir a essa dama, mas, de alguma forma, resistiu. Saindo do quarto já vestido, ele mal me olhou. Quando o fez, em resposta ao meu olhar ansioso, ergueu um dedo para me congelar.

Sendo sincero, não soube como reagir. Quando me decidi, ele já estava entrando no elevador.

— Você gostaria que eu fizesse um café? — perguntei à porta que se fechava.

A verdade é que eu não fazia ideia de como fazer café. Café era uma dessas coisas que apareciam prontas em xícaras ou copos. Mas não podia ser tão difícil assim, podia?

Pressentindo que meu amor tinha ido embora pelo dia, afundei no assento e enfiei o rosto nas mãos. Sentindo-as deslizar, lembrei-me de como eu estava. Ao olhar para minhas mãos, elas estavam cobertas de base. Eu precisava me limpar.

Para isso, considerei usar o banheiro do Dante. Pensei melhor. Não era porque ele não me quisesse lá. Eu só não queria deixar bagunça. Então, escolhendo o banheiro de um dos quartos de hóspedes, peguei minhas coisas.

Limpo, entrei no chuveiro. Nu para o mundo, a realidade da minha vida se apresentou. Encarando-a, não gostei do que vi. Felizmente, o pensamento não durou muito. Saindo do chuveiro sem me vestir, fiz outro tour pela minha nova casa, que terminou comigo me enfiando na cama dele.

Definitivamente era o cheiro dele que eu sentia. Aquilo era inebriante. Abracei o travesseiro dele e o puxei para mim, tentando envolvê-lo com minhas pernas. Eu precisava que ele me tocasse. Eu ansiava sentir a mão grande dele agarrar minha bunda e fazê-la dele.

Deitado ali, uma cadelinha no cio, não havia alívio além do sono. Eu havia passado a noite inteira acordado, esperando que ele viesse até mim. Ele nunca veio. Precisaria ser ensinado a não me tratar assim. Afinal, eu era a esposa.

No entanto, acordando mais descansado, a vingança não estava mais na minha cabeça. Foi a June Cleaver que disse que se pega mais moscas com mel? Ou ela disse que o caminho para o coração de um homem é pelo estômago?

De qualquer forma, eu precisava de outra abordagem. Eu seria a esposa perfeita. De pérolas e salto alto, eu prepararia uma caçarola. Não podia ser tão difícil, certo? Eu só precisava ligar para o chef, dizer o que queria e pronto.

Mais importante que a refeição era a roupa que eu vestiria. Eu tinha as pérolas perfeitas. Infelizmente, estavam na casa do meu pai. E a ideia de sair daqui para buscá-las não me agradava.

Se eu fosse embora, conseguiria voltar? Claro que sim.

Eu era a esposa do Dante, afinal. Quando eu voltasse, ele ficaria feliz em me ver.

Ainda assim, entrar no elevador parecia uma viagem só de ida.

— Yuki, pode fazer um favor pra mim? — pedi ao telefone.

Quando Yuki chegou, trouxe mais que apenas minhas pérolas.

— Tenho um presente para você — disse ela, com um de seus sorrisos delicados.

— Um presente de casamento? — perguntei, abrindo a caixa.

Ao desembrulhar, encontrei algo que fez meu rosto se iluminar. Era alta-costura e tinha tudo a ver comigo.

— Eu amei! — falei, imediatamente sentindo falta da minha irmã.

— Como foi sua primeira noite? — ela perguntou, com tristeza nos olhos.

— Como mulher casada? Tudo que sonhei — retruquei, mantendo a fantasia.

Sentando-se ao meu lado, Yuki pôs a mão na minha coxa.

— Kuroi, sinto muito que o papai tenha feito isso com você.

— Não, está tudo bem. Eu realmente acho que isso pode ser algo bom.

Yuki fixou seus olhos nos meus.

— Sério, Yuki. As coisas começaram meio turbulentas, mas ele pode ser o cara certo — eu disse, tentando enxergar além das evidências contrárias.

Yuki percorreu o olhar pelo apartamento. Todas as minhas coisas ainda estavam largadas na sala de estar. A cozinha parecia cena de briga de faca. E havia gotas de sangue no tapete.

Quando ela voltou o olhar para mim, abaixei os olhos. Com a elegância que eu só fingia ter, Yuki endireitou a postura e se voltou para mim.

— Você sabe por que papai lhe deu o nome de Kuroi? — perguntou, como se derramasse álcool numa ferida aberta.

— Acho que todo mundo sabe por que ele me chamou assim — falei, enquanto meu polegar tentava mais uma vez esfregar a escuridão para longe de mim.

— Não foi por causa da sua pele escura — ela me surpreendeu. — Foi para marcá-lo como a mancha escura na honra dele. Você foi o preço que ele pagou por um momento de fraqueza.

Estremeci ouvindo o que nunca quis ouvir em voz alta.

— Ele perdeu tudo ao ficar com você. Houve quem dissesse para jogá-lo no oceano. Até nossos irmãos falaram isso. Mas ele não o fez. Ele ficou com você. E sabia que, para você sobreviver, teria de aprender seu lugar.

— Mas você era teimoso. Como um bambu petrificado, não se curvava. Por isso ele fez de você um kagema. Foi para ensiná-lo sobre o seu lugar. Foi para ajudá-lo.

As palavras de Yuki me atravessaram, deixando-me cru e exposto.

— O que está me dizendo para fazer? — perguntei, voltando a ser o garoto de 14 anos arrancado de casa.

— Para crescer no campo, o bambu precisa se curvar.

— Está dizendo que eu deveria me submeter? A quem? Meu marido? Papai?

— Você precisa se curvar — repetiu minha irmã submissa.

Será que minha irmã estava certa? No nosso mundo, ela certamente prosperou. Com o jeito delicado e palavras suaves, virou a favorita do nosso pai. Não havia nada que ele não fizesse por ela. Ela tinha nosso pai na palma da mão.

Haveria poder na submissão? Eu poderia ter esse poder? Esse poder me daria Dante? Como o quê? Meu amante? Meu amor? Alguém poderia amar uma mancha negra como eu?

Palavras entre mim e Yuki não eram mais necessárias. O silêncio nos dominou. Em vez de discutir com ela, tentei algo novo. Eu me curvei. Foi basicamente para acompanhá-la enquanto ela limpava a bagunça da minha luta de faca com meu marido. Não foi tão ruim.

Eu conseguiria me submeter como minha irmã fazia? Provavelmente não. Yuki tinha feito disso uma arte. Em todos os aspectos, ela era uma japonesa perfeita. E eu, o que era?

Não importava. Não é o que eu era. É o que eu poderia me tornar. Eu me tornaria minha irmã.

Eu abaixaria os olhos quando os homens falassem. Eu me curvaria na presença dos meus mais velhos. E eu seria a esposa perfeita para um homem como Dante Ricci, meu marido e superior.

# Capítulo 6

Dante

Transformar a organização da minha família em um conjunto legítimo de empresas tem suas vantagens. Uma delas é eu poder ir a um escritório. Isso é particularmente bom agora, porque me mantém longe do maluco de merda com quem me casei.

Não me entenda mal, ver o Kuroi naquele terno e com a maquiagem quase me fez perder a cabeça. Tive que usar toda a minha força de vontade para não atravessar a sala e transar com ele até ficar sem enxergar. Esse homem tem uma maneira de me fazer sentir coisas que eu sei que não deveria.

Mas é difícil imaginar a gente tendo qualquer tipo de vida juntos enquanto eu desvio das facadas dele. Tenho que admitir que ele é rápido. Não pude simplesmente contê-lo para mantê-lo longe de mim. Ele me fez ralar pra valer. Precisei perder a linha pra impedi-lo de me matar.

O mais louco é que eu não acho que ele estivesse tentando me matar. Ele estava certo quando disse que havia várias artérias que poderia ter atingido se quisesse acabar com a minha vida. Isso me deixa muito confuso, porque, se ele tentou me matar com um beijo envenenado no nosso casamento, por que erraria o golpe fatal quando teve outra oportunidade?

Não faz sentido. Claro que nada faz sentido com aquele desgraçado lunático. Mas uma coisa é certa: eu não posso dar as costas pra ele. Também vou ter que fazer uma visitinha aos homens do Sato pelo que fizeram ao Franko, o atendente do meu prédio. O cara tem família e precisa trabalhar.

Ele não pode vir todo dia morrendo de medo de ter os dedos quebrados só porque está fazendo o próprio trabalho. Agora, além de pagar as contas do hospital e o período de afastamento, vou ter que dar a ele uma gorjeta de Natal que vale quase um carro pequeno. Cristo, quanto vai me custar ser casado com o Kuroi?

"Fiquei sabendo que os homens do Sato atacaram o seu porteiro ontem à noite", disse Matteo quando entrei no meu escritório e o encontrei lá.

Eu parei, avaliando rapidamente a situação. Eu não tinha tido a chance de contar ao resto da minha família sobre o casamento. Estava ocupado demais me recuperando de uma tentativa de assassinato.

E ontem à noite, depois de sair do hospital, eu estava distraído pensando em como contaria ao Sato que o Kuroi e eu não moraríamos juntos. Isso foi, claro, antes de chegar em casa e encontrar o Kuroi já lá, parecendo a coisa mais desejável que já vi.

"Houve um incidente. Eu estou cuidando disso", informei meu irmão antes de seguir para a minha mesa.

"O que você está fazendo aqui?"

"Papai me mandou aqui pra verificar se você estava bem. Ele não teve tempo de te ver no hospital", Matteo disse, jogando o jogo sutil com uma habilidade que eu nem achava que ele tinha.

"Não precisava ter vindo. Foi uma internação breve."

"Uma internação breve porque você jogou aquele seu carro lindo contra uma árvore. O que te fez fazer isso? O Dante que eu conhecia só faria algo assim se levasse um tiro."

Ao ouvir a referência a levar um tiro, encarei Matteo. Seria aquilo um novo nível do jogo sutil dele?

"Por que você disse isso?", perguntei, desconfiado.

"Dizer o quê?"

"Que eu precisaria levar um tiro para bater meu carro."

"Porque você precisaria. Você amava aquele carro. Agia como se tomaria um tiro por ele", explicou, enquanto eu procurava qualquer sinal de que ele estivesse envolvido no beliscão que senti no pescoço antes do acidente.

"Eu não amava tanto assim o carro", respondi, sem encontrar nada.

"Então, o que aconteceu?"

Não gostando do rumo que as perguntas dele estavam tomando, me sentei à minha mesa e comecei o dia de trabalho.

"O que aconteceu foi que eu bati."

"Mas por quê? Nós mandamos alguém conversar com a médica, mas ela não falou nada."

"Nós?"

"Sim, sabe, o papai e eu."

"Então é você e o papai agora? Depois de tudo que ele fez com a gente, é lá que ainda está a sua lealdade? Depois de tudo que eu tive que limpar das suas cagadas?"

"Ei, eu nunca te pedi pra fazer essas coisas", ele respondeu, se defendendo.

"Você nunca precisou pedir. É isso que significa ser família. A gente cuida um do outro. Seria bom você lembrar disso."

"Eu me lembro", Matteo disse, recuando um pouco.

"Bom", falei, voltando minha atenção para o computador, esperando que ele entendesse que era hora de ir embora.

"Mas, falando em limpar minhas cagadas... Papai e eu estávamos nos perguntando o que aconteceu com aquela ideia que você teve de se casar com alguém do clã Sato?"

Ele sabia? Ele devia saber de algo. Se eles sabiam em que hospital eu estava, não seria difícil descobrir o que havia por perto e ligar os pontos de por que eu estava lá.

Merda! Eu ia ter que contar pra todo mundo. E não haveria como evitar contar que o chefe da família Ricci tinha acabado de se casar com um homem.

"É, já foi resolvido", falei, casualmente.

"Como? Quando isso aconteceu?"

"Ontem. Houve uma pequena cerimônia na casa do Sato."

O silêncio se prolongou e me fez levantar o olhar. Matteo estava mais do que chocado; ele estava branco como uma folha.

"Como assim houve uma pequena cerimônia na casa do Sato?"

"Eu resolvi."

"Você resolveu quer dizer que agora você é um homem casado?"

"É. Eu resolvi", repeti, tentando erguer a voz pra parecer que ele era o idiota por me fazer repetir, mas meu coração não estava nisso.

"Então, meu irmão mais velho e o chefe da família Ricci se casou sem ninguém da família lá?"

"Claro que não. O Lorenzo estava lá."

Matteo, que tinha se levantado pra falar comigo do outro lado da mesa, se largou numa cadeira. Ele passou as mãos pelo rosto como se a cabeça estivesse girando.

"O quê? Não é grande coisa. Houve um problema que você causou e, como sempre, eu resolvi. Qual a novidade nisso?"

"A novidade é que você se casou, caralho."

"É", confirmei, começando a ficar meio confuso sobre o que estávamos discutindo.

"Meu irmão mais velho, com quem eu sempre imaginei que estaria ao lado no grande dia, se casou e só tinha o Lorenzo lá como testemunha?"

"Matteo, não é grande coisa."

Encarando Matteo, vi os olhos dele ficarem marejados. O que estava acontecendo? Eu já o tinha visto quase matar um homem de tanto bater. Também vi o papai quase matar ele de tanto bater. E nem então ele chorou. Eu comecei a achar que talvez eu tivesse feito algo errado.

"Certo", Matteo disse, se recompondo. "Então, ao menos me diz quem é a minha nova cunhada?"

Meu peito se apertou como um tambor. Nova cunhada? A ideia de eu poder estar com um homem nem passava pela cabeça dele. Eu não sabia se conseguiria fazer isso.

"É um pouco mais complicado que isso."

"Mais complicado? Como poderia ser mais complicado?"

Não havia como fugir, especialmente com meu novo marido tendo se mudado pra minha casa. Lancei um olhar para os papéis na minha mesa, sem conseguir encarar os olhos dele.

"Olha, o que você fez foi grave. Eu tive que impedir uma guerra. Quem sabe quantas pessoas teriam morrido se eu não tivesse tomado essa decisão."

"Do que você está falando?"

"O que eu estou dizendo é que eu não me casei com uma mulher. Casei com um homem."

O choque dominou meu irmão. Cada segundo sem ele dizer nada me deixava mais nervoso.

"O que você está pensando, Matteo?", perguntei, imaginando se eu teria que partir pra briga.

"Eu..."

"Você o quê?"

"Eu não entendo", ele confessou, com um olhar genuinamente confuso.

"Olha, parece que a Yuki não estava disponível. Acho que ela já estava prometida pra outra pessoa ou algo assim. E como precisávamos fazer isso funcionar, a única opção era o Kuroi."

Matteo se encolheu de surpresa. "Kuroi? Você quer dizer o maldito 'Viúva Negra'? Que porra, Dante?"

"Não acredite nessa baboseira de Viúva Negra. Eu o conheci. Ele é bem razoável."

Como prova, eu poderia dizer que ele nem cortou uma artéria quando me esfaqueou várias vezes na noite anterior.

"Razoável? Dante, você não ouviu? Esse cara é um psicopata! Claro, ele não é feio de se olhar, se você curte esse tipo de coisa." Matteo fez uma pausa. "Dante, você curte esse tipo de coisa?"

Porra! Aquela era uma pergunta direta. Eu consegui evitar esse tipo de questionamento a vida toda. É só me casar com um homem e já vira essa confusão.

"Você me conhece, certo, Matteo? Sabe que eu faria qualquer coisa pra proteger essa família. Precisamos dessa aliança."

"Nem precisamos tanto assim."

"Precisamos, sim, Matteo! Você não faz ideia do tipo de encrenca em que a sua atitude nos meteu!"

"Você ser forçado a se casar com alguém que não quer nunca valeria a pena. Era uma coisa quando pensei que fosse a Yuki. Eu conseguia imaginar vocês dois funcionando bem juntos. Mas o Kuroi? O cara é um psicopata. Nada vale isso. Quer dizer, se você não tá a fim", ele sugeriu.

"O que foi feito, está feito. Está me ouvindo? E outra coisa: agora que ele é meu marido, não quero você por aí difamando ele desse jeito. Se desrespeitar ele, estará me desrespeitando também."

Matteo me olhou, chocado.

"Eu disse, você me ouviu!"

"Sim, claro. Tanto faz, Dante", meu irmão respondeu, ainda parecendo confuso.

Ficamos nos encarando em silêncio por um momento. Eu não sabia o que ele estava pensando, mas tinha falado o que precisava.

"Isso vai ser um problema?"

"Claro que não, Dante. Sem problema."

"Ótimo. Tem mais alguma coisa?"

"Uma coisa. Como você planeja contar isso pro papai? Quer dizer, você me conhece, eu sou mente aberta. Mas ele não é exatamente desse jeito."

Nossa linha de pensamento? O que exatamente ele queria dizer com isso?

"Eu presumo que você vai correndo contar pra ele?", perguntei.

"Espero não ter que fazer isso."

"Você não é obrigado a fazer merda nenhuma."

"Dante, você se casou com um maldito homem! Sem julgamentos, mas ele vai descobrir."

O Matteo tinha razão. O papai não poderia ser pego de surpresa com isso. Se ele soubesse pela pessoa errada, poderia matar o mensageiro só pela notícia.

Passei a mão nos pontos que tive que dar em mim mesmo, trancado no meu quarto.

"Você tá bem?"

"Tô bem. Cinto de segurança salva vidas, mas…", respondi, sugerindo que meu desconforto vinha disso.

"Espera, o seu acidente teve algo a ver com o casamento no clã Sato ontem?"

Como eu ia explicar isso?

"Aconteceu quando eu estava indo embora."

Ele me olhou, confuso.

"E o que aconteceu com o Lorenzo? Você não disse que ele estava lá com você?"

"Não quando eu estava saindo."

"Por que ele não estava com você?"

"Eu precisava sair e pegar um ar, caralho. Tem algum problema com isso?"

Matteo recuou.

"Não tenho problema com isso. Só estou tentando entender o que aconteceu. Você sabe que o papai vai me perguntar."

"Então conta pra ele o que você sabe. Eu não tenho segredos."

"Tem certeza disso?", ele questionou, indo direto ao ponto.

"Olha, fala pra ele o que precisar. Não tenho nada a esconder. Fiz o que precisava ser feito. Agora já era."

"Você sabe que a mamãe vai querer conhecê-lo, não é? Ela vai esperar que você o traga para o jantar de domingo. Não tem como escapar disso."

Ah, merda. Ele estava certo. Não importa o que o papai ache, a mamãe vai dar as boas-vindas a ele na família. Ela vai querer recebê-lo e vai esperar que ele aja como parte da família.

Como é que eu ia levar meu novo marido maluco, que usa vestido, para um dos nossos jantares de família cheios de caos? Se alguém comentar algo sobre as roupas dele, alguém poderia acabar morto.

"Você não para de levar a mão ao seu lado. Tem certeza de que está bem, Dante?"

"Tô bem", respondi, começando a me perguntar se eu estava tendo um ataque de pânico. Ou talvez as paredes estivessem realmente se fechando sobre mim.

"Olha, tenho que trabalhar. Precisa de mais alguma coisa de mim?"

"Preciso que você dê a notícia pro papai, pra que eu não tenha que fazer isso."

"Anotado."

"E preciso que você me garanta que essa história não vai explodir na sua cara."

"Tá tudo sob controle."

"Espero mesmo", Matteo disse, com preocupação genuína. Virando-se para ir embora, completou: "Talvez você, eu e seu novo marido devêssemos sair para um teste antes de apresentá-lo ao resto da família. Sabe..."

"...Porque não podemos ter certeza se o resto da família pensa como a gente?"

"Exatamente."

"Vou pensar no assunto", respondi, voltando a atenção para o monitor do computador.

Quando Matteo fechou a porta atrás dele, eu olhei para cima. O ar voltou aos meus pulmões como uma ventania. Tudo na nossa conversa tinha sido inesperado. De todas as pessoas, eu achei que o Matteo lidaria pior com o fato de eu estar com um homem. Ele não era exatamente conhecido pela contemplação profunda.

Mas ele disse que não dava pra garantir que o resto da família pensasse como a gente. O que isso significava? Como a gente pensa?

Eu nunca imaginei que meu irmão bonitinho e eu pensássemos igual em algo. Mas ele com certeza quis dizer alguma coisa com aquilo. A questão era: o quê?

Outra dúvida: como eu contaria ao nosso pai que me casei com o filho do Sato? E mais: será que o Kuroi me mataria antes que eu tivesse a chance?

O cara era mesmo insano. Bonito de ver, como o Matteo disse, mas completamente pirado. Ele me esfaqueou na nossa primeira noite juntos. Por quê?

Talvez eu só precisasse dar espaço pra ele. Com certeza não foi ideia dele se casar comigo. Quem sabe, se eu der espaço pra ele se acostumar com a situação, ele pare de me atacar da próxima vez. Ou talvez eu devesse só esconder as facas.

Como diabos eu me meti nisso? Droga, Matteo!

Tendo bolado um plano vago de como eu lidaria com o Kuroi de agora em diante, voltei a tratar de outros assuntos. Em primeiro lugar, alguém tentou me matar. E tendo falhado, provavelmente tentaria de novo.

Em segundo lugar, não podia confiar que o nosso pai simplesmente aceitaria eu estar no comando. Ele tentaria algo. E depois que descobrisse sobre o Kuroi, era só uma questão de tempo.

Conversei com o Lorenzo sobre o que eu achava que estava acontecendo, sem mencionar que meu novo marido tinha tentado me transformar em espetinho. Ele suspeitava que fosse o Kuroi o responsável pelo meu desmaio antes do acidente. Omiti o fato de que o Kuroi deliberadamente não me matou, então ficou difícil explicar por que eu desconfiava dele.

"Ele te beijou, e minutos depois você bateu o carro", ele me disse durante o almoço.

"Se ele quisesse me matar, poderia ter feito isso enquanto eu dormia", argumentei, apesar de não ter pregado o olho a noite toda.

"Espera, como ele faria isso? Ele sabe onde você mora?"

"Claro que sabe. Ele se mudou pra lá."

Lorenzo ficou paralisado com o garfo cheio de alface a caminho da boca.

"Achei que você tivesse dito que vocês iam morar separados."

"Não vai colocar palavras na minha boca", retruquei, disfarçando algo que posso ou não ter dito.

"Não tô tentando colocar palavras, só achei que você tivesse dito isso."

"Pois não disse."

Eu tinha certeza de que pensei nisso. Talvez até fosse o plano. Mas não tinha certeza se falei em voz alta.

"Enfim, como foi a primeira noite de vocês como casal? Tudo consumado direitinho?", ele brincou.

"Pode apostar que não", respondi, muito mais excitado com a ideia do que eu deixaria transparecer.

"Então, quando vou conhecer meu novo cunhado?"

"Por que todo mundo tá com tanta pressa de conhecê-lo?"

"Todo mundo?"

"Você, o Matteo."

"O Matteo sabe? O que ele disse?", Lorenzo perguntou, estranhamente interessado.

"Você conhece nosso irmão."

"Hum", Lorenzo resmungou antes de voltar a comer.

"Mas ele disse algo interessante. Falou que a mamãe vai querer me obrigar a levá-lo pro jantar de domingo."

"Ha! Esse jantar eu não perderia", ele disse, se divertindo.

"É. Imagina só."

"Não tem imaginação. Ele tem razão. A mamãe vai fazer você levar ele."

"Hum", murmurei, pensando nisso. "O Matteo também disse outra coisa."

"Hoje ele tava cheio de ideias interessantes…"

"É. Ele disse que talvez eu devesse convidar o Kuroi pra jantar com alguém da família primeiro. Sabe, pra garantir que nada dê errado."

"O que poderia dar errado?", Lorenzo disse, rindo.

"Exatamente. E aí, o que acha?"

"O quê, comigo? Adoraria. E ainda me daria a chance de descobrir se ele foi mesmo quem tentou te matar."

"Eu não acho que ele esteja tentando me matar", retruquei, desdenhando.

Lorenzo levantou o olhar, divertido.

"Quem diria, Dante Ricci, caindo de amores por um rostinho bonito? Ha!"

Eu não respondi. Primeiro, não gostei dos meus irmãos achando que podiam falar do meu marido desse jeito. Vamos ter um mínimo de respeito. Maluco ou não, ele era meu marido. Eles teriam que entender isso.

Segundo, eles não estavam errados. Eu sentia que estava ficando cego em relação ao Kuroi. Qualquer outra pessoa que tivesse feito o que ele fez teria sido morto por mim na hora. Eu não teria apenas sufocado a pessoa até a morte, mas a teria jogado da minha varanda.

Era mais do que a necessidade de fazer dar certo entre as nossas famílias que me impedia de matá-lo. Ele era um fio desencapado que eu queria tocar.

Arrastando o dia de trabalho o máximo que pude, acabei indo pra casa. Dirigindo o carro alugado, senti minhas mãos suarem. Nada disso era meu normal. Eu nunca fico nervoso com nada. Então por que estou assim agora?

    Estacionei e entrei no saguão, lembrando do que me aguardava ao ver o substituto de Franko.

    "Boa noite, Sr. Ricci", ele disse, abrindo o elevador pra mim.

    "Boa noite."

    Quando a porta do elevador se fechou, inspirei com força. Não conseguia respirar direito. Eu nunca tinha me sentido assim. O que estava acontecendo?

    Com o ding anunciando que a porta se abriu, percebi que o que eu estava sentindo era exagerado. Eu precisava entrar logo em casa e pensar em como lidar com isso.

    Saindo do elevador, olhei ao redor por instinto.

    "Oi, querido, você chegou!", meu marido exclamou da cozinha.

    Eu sabia que devia ter seguido em frente, mas não consegui. Ele estava usando um vestido xadrez estilo anos 1950, com pérolas, um avental e segurava uma travessa de caçarola nas mãos.

    "O que há no seu rosto?", perguntei antes de me segurar.

    "O que quer dizer?", ele respondeu sorrindo pra mim, com o rosto todo pintado de branco, como um artista de kabuki.

Eu ri. Talvez não tenha sido um riso de verdade, mas mais um som de deboche. De qualquer forma, foi aí que as minhas pernas voltaram a se mexer e eu segui para o meu quarto.

Você pensaria que, por ele ser tão magro, não conseguiria arremessar a travessa de caçarola daquela forma. Mas ele conseguiu. E sua pontaria foi perfeita. Não apenas conseguiu me acertar de longe, mas também pegou em um ponto exato que pode derrubar qualquer pessoa. Eu já estava no chão antes de perceber.

Deitado, indefeso, eu meio que esperava virar queijo suíço. Mas não dessa vez. Desta vez, ele tirou o avental pela cabeça e enrolou a tira ao redor do meu pescoço. Você tem que reconhecer a criatividade dele.

Quer dizer, alguém tinha que reconhecer. Eu estava ocupado demais tentando não morrer. Se eu não levantasse, tinha certeza de que nunca mais levantaria. Desta vez ele realmente estava tentando me matar. Pelo menos eu não precisaria ouvir meu pai dizer "Eu avisei", ou a mamãe contando histórias embaraçosas da minha infância pro Kuroi.

Estranhamente, foi a ideia de Kuroi sentado na sala da minha infância ouvindo histórias que me impediu de desistir. Acho que uma parte de mim queria isso.

Antes desse momento, eu nunca teria imaginado um marido fazendo realmente parte da minha vida. Mas era isso que eu queria. Sempre quis, na verdade, só nunca permiti a mim mesmo admitir. Esse era o tipo de vida pelo qual valia a pena lutar.

Com um novo foco, levei a mão atrás de mim e agarrei a tira do avental. Puxando o suficiente, consegui girar o corpo dele, desequilibrando-o. Com a tira afrouxando, eu o puxei pra mim, segurei o vestido dele e o lancei por cima dos meus ombros.

Ele rolou pra frente e só parou quando voltou a ficar de pé, mas agora virado pro outro lado. Aquela era a minha chance. Lutando pra respirar, me lancei na cintura dele.

Aquele homem não era uma aranha, era um gato. Girando o corpo enquanto eu o agarrava, meio que esperei sentir uma faca cortando minha artéria carótida.

Sobrevivendo por mais um segundo, deixei o instinto assumir. Para desabilitá-lo, girei e bati o ombro dele no chão. Isso o surpreendeu. Foi tempo suficiente pra eu envolver minhas mãos grandes ao redor do crânio dele. Sabendo que era vida ou morte, bati a cabeça dele contra o chão.

Aquilo o atordoou. Subindo em cima dele, apertei as mãos ao redor da garganta dele e fui apertando. Consegui ver a vida saindo dos olhos dele. Ele tinha um rosto tão bonito... As maçãs do rosto angulares, as sobrancelhas marcantes, a pele marrom sedosa. O que eu estava fazendo?

Eu me contive ao ver sangue escorrendo abaixo do nariz dele. De onde estava saindo? Mesmo naquele momento, meu instinto de protegê-lo era forte.

"Oh, merda, é meu sangue. E está jorrando."

Parecia que o Kuroi não precisava me estrangular. Ele tinha aberto um corte tão grande na minha cabeça que, com tempo suficiente, eu sangraria até a morte.

"Seu desgraçado louco", murmurei, soltando-o e segurando minha cabeça.

"Como você saberia?", ele tossiu.

"O quê?", perguntei, confuso, sem saber se ele estava flertando ou questionando meu juízo.

Sem tirar os olhos dele, me levantei cambaleando e pressionei o ferimento na minha cabeça enquanto esperava o elevador. Quando ele chegou, eu recuei pra dentro, continuei encarando os olhos intensos dele e esperei as portas se fecharem.

Seguro, eu sabia o que precisava fazer. Precisava de ajuda, e rápido. A cada segundo, eu ficava mais fraco. E eu não podia ficar ali, porque se meu marido psicopata decidisse tentar de novo, eu não teria como reagir.

"Sr. Ricci, o senhor está bem?", perguntou o atendente do saguão quando passei por ele correndo.

"Tô bem."

"Precisa que eu chame alguém?"

"Não!", ordenei, me certificando de que ele visse o olhar nos meus olhos.

Funcionou. Pelo menos eu esperava que sim. Olhando para baixo, minhas roupas pareciam as de alguém que tinha ido ao baile de formatura num filme de terror. Eu precisava ir embora. Precisava entrar no carro e ir pro único lugar onde eu sabia que estaria seguro.

Chegando no prédio do Lorenzo, estacionei na rua e desliguei o motor. Não vou mentir, eu provavelmente não deveria ter conseguido chegar. Eu estava vendo tudo duplicado durante o trajeto e foi um milagre não bater em outro carro.

Peguei o celular, procurei o nome de Lorenzo e liguei.

"Fala, Dante?", Lorenzo atendeu, meio confuso.

"Tô aqui embaixo. Traz seu kit. Me acertaram feio."

"Tô descendo agora", ele respondeu, provando mais uma vez que eu podia contar com ele.

Minha visão ia e voltava, e pareceu levar uma eternidade até eu ver meu irmão e a porta do carro se abrindo.

"Merda! O que aconteceu?", ele perguntou, já checando meu ferimento sem esperar resposta.

"Eu caí", murmurei.

"Sei", ele riu. "E como vai a vida de casado?"

"Uma maravilha", retruquei, antes de sentir a ardência do álcool latejar no meu rosto.

"Realmente te pegaram feio", confirmou. "Anota aí: da próxima vez que eu precisar derrubar alguém, vou na cabeça. Surpreso você ter conseguido chegar até aqui."

Depois de dar uns pontos, ele me entregou uma bebida daquelas de substituir refeição e colocou um canudo, fechou minha porta e sentou no banco do carona. Pra minha sorte, ele não me fez perguntas. Pelo menos, não até eu ter bebido metade.

"Você não pretende voltar pra casa, pretende?"
"Por que não? Eu disse que caí."
"Caiu aonde, num taco de beisebol?"
"Era uma travessa de caçarola, na verdade. Meu amoroso marido tinha acabado de fazer o jantar pra mim."

Lorenzo me olhou, sem saber no que acreditar.
"Quer subir?", ele perguntou, sem saber o que dizer.

"Talvez eu precise de um tempo antes de voltar pra casa", confessei, envergonhado.

"Sai daí", ele disse, trocando de lugar comigo e dirigindo meu carro pra garagem subterrânea do prédio.

Ele me deu mais um instante antes de descermos do carro, e o vi digitando algo no celular.

"Você vai manter essa merda só entre a gente, certo?", perguntei, sério.

"Tá maluco? Claro", ele respondeu, continuando a digitar.

Deixei pra lá e, quando minha visão estabilizou, saí do carro e fomos pro elevador. Ao chegar no andar dele, vi um cara vindo no corredor. O Lorenzo teria que lidar com isso porque eu não estava em condições de intimidar ninguém, coberto de sangue como eu estava.

Para minha surpresa, Lorenzo não fez nada. Não precisava. O homem nem olhou pra gente. O mais estranho é que Lorenzo também não olhou pra ele. Era como se eu estivesse vendo alguém que não estava ali. Mas ele estava, sem dúvida.

"Vai lá se limpar. Vou pegar umas roupas pra você", ele disse quando entramos no apartamento.

Depois de me lembrar qual era a porta do banheiro, entrei e me apoiei na pia. Olhando pro espelho, me perguntei como eu ainda estava vivo. Meu rosto estava praticamente coberto de sangue. Parecia que eu tinha tomado banho com aquilo.

Como diabos eu fui parar nisso? Será que o Kuroi realmente queria me matar? Não conseguia entender se ele era ruim em cumprir o plano ou se estava apenas brincando comigo.

E o que significava "Como você saberia?"

"Trouxe isso", Lorenzo falou, me tirando dos pensamentos.

Olhei pra camiseta e a calça de moletom na mão dele. Ele tava de brincadeira, né?

"É a única coisa que eu tenho que pode servir em você."

Ele provavelmente estava certo. Além de ser mais baixo que meus 1,93 m, ele não tinha a minha estrutura.

"Senta. Eu faço isso", ele insistiu, vendo que eu mal conseguia ficar em pé.

Endireitei as costas com cuidado e comecei a desabotoar a camisa. Quando demorei, ele tomou a iniciativa e puxou a camisa pelos meus ombros.

"Mas que merda?", ele exclamou ao ver os pontos que eu mesmo costurei por causa da "carícia" do Kuroi na noite anterior.

Desviei o olhar, envergonhado, e ele não comentou mais nada. Em vez disso, empurrou meus ombros em direção ao vaso e me fez sentar na tampa.

Ter o Lorenzo me limpando me trouxe lembranças. Crescemos em cinco, mas era como se fôssemos eu, e depois Matteo, Giovanni e Marco. Giovanni e Marco eram muito pequenos pra entender, mas Matteo se aproveitava disso. Os três me atacavam, geralmente com Matteo me acertando na cabeça com algum brinquedo dos menores.

Só porque era um brinquedo infantil não significava que não poderia causar sangramento. Quando eu não ficava inconsciente, o Matteo pagava caro, claro. Mas quando eu ficava sangrando, como hoje, era do interesse de todos me consertar o mais rápido possível.

Era então que o Lorenzo intervinha. Ele fez sua primeira sutura borboleta aos dez anos. Todos o consideravam território neutro, o que lhe permitiu aperfeiçoar a técnica. Porque se o Matteo me fazia sangrar, logo depois eu fazia ele mancar por um mês.

Incrível como aquele cabeça-dura nunca aprendia. Até hoje ele é teimoso.

"Tenho comida chinesa, se ainda estiver com fome", ele disse ao terminar.

"Eu comeria alguma coisa", respondi, sabendo que ainda não estava forte o suficiente pra ir embora.

Depois de vestir as roupas do Lorenzo, me juntei a ele na mesa.

"Atrapalhei alguma coisa?", perguntei, notando como tudo estava arrumado.

"O que você poderia atrapalhar?"

Fitei meu irmão, essa caixa preta humana, percebendo que ele não soltaria nada. Então simplesmente peguei os hashis e comecei a comer. Comida era tudo que eu precisava. Comi até não aguentar mais.

"Você pode ficar no quarto de hóspedes."

"Eu não preciso ficar no seu quarto de hóspedes", retruquei, irritado com a sugestão. O que ele achava, que eu não conseguia cuidar de mim mesmo?

"Dante", ele disse, olhando pra mim com simpatia, "eu sei por que você fez isso. E é admirável. Você está fazendo mais pelo Matteo do que eu faria. Mas o homem com quem você se casou está tentando te matar."

"Não está."

"Você tá casado com ele há três dias e já precisou de pontos três vezes."

"Eu tava no hospital por causa de um acidente de carro."

"...Cinco minutos depois de se casar com o cara conhecido como Viúva Negra, porque todos com quem ele se relaciona morrem de ataque cardíaco. Não lembro, o que te fez bater o carro, mesmo?"

O Lorenzo estava sendo um babaca, mas não estava errado. A não ser que eu tivesse tido um ataque de pânico que me fez bater, eu precisava aceitar que tinha algo a ver com o beijo do Kuroi. Isso faria três vezes.

Mas, se o Kuroi estava tentando me matar, por que não o fez na primeira noite? Ele tinha uma faca. Ele sabia onde acertar. Por que não tentou invadir meu quarto enquanto eu supostamente dormia e acabou logo com isso?

Até hoje. Quem faz uma caçarola e tenta assassinar alguém com o prato? Tem que haver mais do que simplesmente ele ser um maníaco de alta costura.

Falando nisso, por que ele estava vestido daquele jeito quando cheguei? Nunca tive um fetiche, mas aquele homem definitivamente estava mexendo comigo. Se ele parasse de tentar me matar, eu faria coisas muito sujas com ele.

"Você me ouviu, Dante? Você não pode voltar pra casa. Eu preciso de mais tempo antes de assumir o comando da família. Então preciso de você vivo por mais um tempo."

Meus olhos o fulminaram. Ele não estava brincando. Também não recuou do que disse.

Eu podia respeitar isso. Lorenzo sabia o que queria e não tentava disfarçar. Ele queria o meu cargo, mas não estava disposto a me matar por ele. Ele devia ter essa ambição. Eu podia trabalhar com isso.

Ele não tinha o necessário pra liderar a família. Nem ele nem o Matteo. Se juntasse os dois, até seriam uma força perigosa. Mas chefiar uma família exigia deixar as pessoas se aproximarem. Elas podiam te irritar como o Matteo me irritava, mas era necessário. Lorenzo não conseguia fazer isso.

E o que o Matteo precisava era um pouco da capacidade de previsão do Lorenzo. Aliás, o Matteo só precisava parar de seguir cada ideia maluca que aparecesse na cabeça dele. Nem o nosso pai agia assim, e quase não sobrevivemos.

"Você é meu irmão. Não me force a te enterrar", avisei.

"Você acha que conseguiria, se tentasse?", ele perguntou, sorrindo.

O que ele quis dizer com isso? É claro que eu conseguiria. Será que ele tinha mais aliados do que eu imaginava?

"Não me faça ter que descobrir", retruquei, olhando nos olhos dele.

"Você pode dormir no quarto de hóspedes", ele respondeu, deixando a mesa e indo pro quarto dele.

Eu precisava ficar de olho no Lorenzo. Ele era a última pessoa que eu esperava que me traísse, e isso o tornava o mais perigoso.

Fiquei sentado mais um tempo e acabei aceitando a oferta dele de dormir no quarto de hóspedes. Apesar do desafio aberto que ele fez, dormi bem aquela noite. Não tinha pregado o olho na noite anterior, então eu precisava. E quando voltei pra casa na manhã seguinte, encontrei o Kuroi dormindo na minha cama.

Eu fui silencioso, então não acho que o acordei. Isso me permitiu ficar olhando pro meu novo marido, o lindo rapaz na minha cama. Ele dormia tão tranquilamente sob os meus lençóis. Não consegui evitar gostar daquilo. Ao mesmo tempo, por que ele não dormiu no quarto de hóspedes?

Como seria incrível se eu estivesse naquela cama com ele? Ele encaixaria perfeitamente nos meus braços. Eu poderia protegê-lo do mundo, se ele deixasse. Mas talvez eu estivesse interpretando tudo errado.

Eu nunca tinha estado nessa posição antes. Já tive caras na minha cama, mas nenhum passava a noite. O Kuroi parecia pertencer ali. Mas talvez eu estivesse projetando meu desejo num homem que, na verdade, está só esperando pra me matar.

Fechando os olhos e tentando afastar esse pensamento, fui pro banheiro e comecei meu dia. Debaixo do chuveiro, tudo doía. Parecia que eu estava sendo mantido inteiro por linhas. E, depois de demorar muito tempo pra me vestir, ouvi a porta do banheiro se abrindo.

Olhando além do meu closet em direção ao banheiro, nossos olhares se encontraram. O Kuroi vestia apenas uma cueca boxer. Pela primeira vez, eu o estava vendo sem aquelas roupas malucas ou a maquiagem. Só ele. Todo ele. Meu pau enrijeceu na hora.

"Deixa eu te ajudar", ele disse numa voz suave, vindo até mim.

Rapidamente avaliei as armas ao redor e a posição da minha arma. Mas não precisei de nada. A única coisa que ele pegou foi a minha camisa. Sentindo o calor do corpo dele, pude inalar seu perfume suave enquanto ele passava a camisa pelos meus ombros.

Depois disso, ele abotoou minha camisa. Não sei se ele viu os pontos na minha lateral, mas se viu, não demonstrou. Simplesmente enfiou a camisa dentro das minhas calças e foi até o meu armário pegar um paletó. Voltando, me entregou.

"Não preciso disso", falei, já que nunca uso paletó no escritório.

"Você ficaria bem com ele", ele respondeu, balançando o paletó na minha frente.

Não consegui recusar. Encarando aqueles olhos hipnóticos, tudo o que eu podia fazer era ceder ao que ele queria.

Pegando o paletó, enfiei o braço numa manga. De novo, sem conseguir puxar por causa da dor, ele me ajudou e me posicionou diante do espelho de corpo inteiro. De pé atrás de mim, ele nos olhou pelo reflexo e sorriu, satisfeito.

"Melhor?"

"É, melhor", respondi, me referindo a tudo o que estava acontecendo.

"Quer que eu faça o café da manhã?"

"Você sabe fazer café da manhã?", perguntei, surpreso.

"Eu tenho um telefone", ele brincou.

Eu ri, mas só por um instante. Não tinha esquecido como ele reagiu da última vez que ri dele. Lembrando disso, saí dos braços dele e segui para a porta.

"Tenho que ir", falei, saindo apressado.

"Te vejo hoje à noite?", ele perguntou, encostado no batente da porta do quarto.

Eu estremeci. O que isso significava? Sim, ele estava sendo gentil naquela manhã, mas não foi gentil na manhã anterior também? Que parte do meu corpo eu teria que costurar hoje à noite?

Aquilo era ridículo. As mudanças de humor dele estavam fora de controle. É verdade que talvez eu não tenha reagido da melhor forma quando o vi ontem à noite, mas a resposta dele foi extrema. Se fosse qualquer outra pessoa, eu já teria matado.

O problema é que ele não era qualquer pessoa. Ele era Kuroi Sato, meu marido. Isso por si só queria dizer que eu não tinha as mesmas opções. Eu estava indefeso contra ele. E se eu não controlasse a situação antes de ele perceber isso, eu estaria ferrado.

Entrando no carro, disquei o número da única pessoa em quem eu podia confiar.

"Lorenzo, me encontra no meu escritório em uma hora."

"Estarei lá", ele concordou, parecendo saber do que se tratava.

Olhando a cidade pela janela do meu escritório, Lorenzo entrou parecendo todo profissional.

"Você tem razão. Tenho um problema em casa e preciso da sua ajuda", admiti, mesmo sendo difícil dizer isso.

"Quer que eu cuide dele?"

Só ouvir ele dizer isso me deixou furioso.

"Nunca mais fale isso, entendeu?"

O Lorenzo não recuou. Em vez disso, inclinou a cabeça como um cachorrinho curioso.

"Então por que me chamou aqui?"

"Preciso do seu cérebro. Preciso de uma forma de resolver isso."

"Então, quer que eu faça ele te matar mais devagar?"

"Já disse, não acho que ele esteja tentando me matar."

Ele riu.

"Tô falando sério."

Frustrado, ele retrucou: "Você o beijou e logo depois bateu o carro. Me dá outra explicação pra isso."

Eu lembrei o que a médica disse sobre eu ter tido um ataque de pânico.

"Eu senti algo no meu pescoço."

"O quê?"

"Sim. Pouco antes de eu desmaiar."

"O que você sentiu?"

"Parecia que alguém tinha atirado em mim, mas...", toquei o lugar mostrando pra ele, "sem ferimento."

"O que parece um tiro mas não deixa ferimento?", Lorenzo pensou em voz alta. "Você já levou choque de taser?"

"Não. Como é a sensação?", perguntei, intrigado.

"Como se você tivesse levado um tiro."

"Mas eu estava dirigindo quando senti isso."

"A que velocidade você tava?"

"Você viu o estrago. Eu tava rápido."

O Lorenzo balançou a cabeça, ponderando.

"Existem outras possibilidades."

"Tipo o quê?"

"Como o que se usa pra derrubar um urso."

"Tipo um tranquilizante."

"Possivelmente. Mas seria um tiro do caralho."

"Quem a gente conhece que conseguiria um tiro desses?"

Assim que perguntei, Lorenzo e eu pensamos na mesma pessoa. Vi pelo olhar dele. O Matteo pode ter muitas decisões impulsivas, mas se você der um rifle de precisão e tempo pra ele, o que tiver na mira é a única coisa que importa. Através de uma janela aberta, com o carro a 60 por hora, só o meu irmão teria essa capacidade.

"Podemos ver isso depois", falei, sem querer dizer em voz alta o que estávamos pensando.

"É", ele concordou.

"Então, se o Kuroi não tá tentando me matar, como faço pra ele não me matar?"

"Pegue informações, avalie a situação e elabore um plano", ele sugeriu.

"Certo. Quem teria informações sobre o Kuroi? Todo mundo que o conhecia bem está morto."

"Nem todo mundo", Lorenzo insinuou, me mostrando o que eu precisava fazer a seguir.

Manter vigilância na Yuki Sato não era algo que a família Ricci costumava fazer. A gente sabia quem ela era, tinha uma noção de como ela passava o dia, mas como ela não era a herdeira do clã Sato, não era prioridade.

Mesmo assim, sabíamos onde encontrá-la em qualquer dia, se precisássemos. E agora eu precisava. Era quinta-feira, então muito provavelmente ela estaria no mercado de flores. Isso facilitava, porque nós dois precisávamos ter uma conversa sobre o irmão dela, e eu sabia onde ela estaria.

    Sentado numa cafeteria do outro lado da rua de sua barraca de flores favorita, eu segurava um jornal e a observava discretamente. Minha informação dizia que ela comprava camélias no inverno e lírios no verão. Ainda era época de lírios e ela os pegaria brancos.

    Pontualmente, ela apareceu. Mesmo sem as vestes tradicionais que usava em eventos sociais, era difícil não notá-la. Ela estava impecável num vestido floral, emanando uma elegância que eu antes imaginava trazer honra à família Ricci. Em vez disso, terminei com o Kuroi. Claro, ele era lindo pra caramba, mas era mais propenso a iniciar uma guerra do que o Matteo.

    Dobrando o jornal rapidamente e atravessando a rua, me aproximei da Yuki.

    "Yuki, posso falar com você um instante?"

    Em vez de se assustar, Yuki nem ergueu o olhar.

    "Sr. Ricci, é um prazer vê-lo."

    "Prazer em te ver também. Olha, eu queria saber se posso falar com você sobre o Kuroi."

    Foi então que ela se virou e me encarou.

    "Não seria apropriado eu me intrometer no casamento do meu irmão."

    "Certo. Claro. Apropriado. É, foda-se isso. Eu preciso da sua ajuda, ou eu ou o seu irmão vamos acabar mortos. E pode ter certeza que, se acontecer comigo, todo mundo da sua família será o próximo."

"Então o que você está me dizendo é que eu não tenho escolha a não ser falar com você?", ela perguntou calmamente.

"O que estou dizendo é que precisamos conversar."

Yuki voltou a escolher as flores.

"Talvez meu nobre cunhado queira me acompanhar para um chá assim que eu terminar minhas compras."

Eu não gostei de ser reagendado.

"Onde?"

"Há uma casa de chá a dois quarteirões daqui. Você conhece a região?"

"Sei de onde você está falando."

"Então nos veremos lá", ela disse, me dispensando e voltando às compras.

Eu tinha que admitir, nossa interação não saiu como eu planejei. Tudo que eu sabia sobre ela me fazia pensar que ficaria de cabeça baixa e desviaria o olhar. Ela tinha muito mais coragem do que eu supunha.

Deixei que ela terminasse o que tinha que fazer e fui para a casa de chá, achando uma mesa. Ela não se apressou para se juntar a mim. Demorou 45 minutos até chegar, e nessa altura eu já estava irritado. Não aguentava ficar tanto tempo parado, ainda mais com meus pontos coçando.

"Sr. Ricci", ela disse, fazendo uma reverência discreta.

Tudo nela era muito educado. Exceto suas ações.

"Você é minha cunhada agora. Pode me chamar de Dante."

"Muito bem, Dante."

Ela permaneceu em pé até eu me levantar e puxar a cadeira. Então se sentou em silêncio, me encarando, até eu chamar o garçom e deixá-la fazer o pedido. Ela não era o que eu esperava.

"Então, seu irmão, qual é a dele?"

"Você precisa ser mais específico", ela disse, sem desviar o olhar.

"Seu pai mandou ele me matar, ou o quê?"

"Isso é algo que você precisa discutir com o Kuroi ou com o meu pai."

"Certo", respondi, sem saber mais o que perguntar. "Tá, escuta, você conhece seu irmão."

"Eu o conheço, sim."

"E você sabe da reputação dele."

"Não sei de qual reputação você está falando."

"Tô falando da 'Viúva Negra'."

Yuki se mexeu, incomodada.

"Sabe, aquela em que todos os amantes dele acabam mortos."

Ela me encarou sem responder.

"Enfim, você sabe do que estou falando. Mas talvez saiba também que, seja lá o que ele tenha feito antes, ele não vai poder fazer comigo."

"Se é assim, o que faz aqui?"

Encarei o olhar firme dela e soltei a raiva que estava acumulada com um riso curto.

"Olha, apesar de ter sido, como posso dizer, pego de surpresa com esse casamento, eu quero que isso dê certo. No mínimo, não quero ter que matar seu irmão e nem acordar no meio da noite com uma faca na minha garganta."

"Ou nem acordar", ela acrescentou.

"Exato. Então, qualquer coisa que você puder me dizer sobre como lidar com ele ou qual é a dele, eu agradeceria."

Yuki ficou em silêncio por um tempo. Eu conhecia essa técnica de negociação. Quem falasse primeiro perdia. Não seria eu. Mas, claro, a pressão era grande.

"Você conhece o período Edo do Japão, Sr. Ricci?"

Eu ri. "Não, devo ter faltado nessa aula de história. E me chama de Dante."

"Pois bem, Dante. O período Edo foi popularizado pela fascinação dos americanos pelos samurais."

"Ah, entendi. Sim, aquela época de samurais e ninjas e tal. O que tem isso?"

"Os samurais valorizavam a honra acima de tudo. Frequentar um bordel era considerado algo desprezível. Porém, o que era visto como símbolo de status era ter um kagema."

"O que é um kagema?"

"Era um rapaz que ainda não tinha perdido a beleza da juventude. E era com eles que o samurai desenvolvia uma relação de mentor e aprendiz."

"Certo", respondi, sem saber aonde ela queria chegar. "E o que isso tem a ver com o Kuroi?"

"Nosso pai designou que o Kuroi fosse um kagema."

Me inclinei, tentando entender o que a Yuki estava dizendo.

"O Sato fez do Kuroi um desses... como se chama mesmo?"

"Kagema."

"E o que significava ser um kagema?"

Só então os olhos de Yuki baixaram.

"Que droga! Seu próprio pai transformou o filho num prostituto?"

"Não é isso que ele é para você? Eu não seria a mesma coisa, se não tivesse tido a honra de receber sua mão em casamento?"

Eu congelei. "É outra história. Quer eu tenha sido enganado ou não, nós estamos casados. Isso não é algum tipo de relação distorcida de mentor e aprendiz."

Yuki tomou um gole do chá.

"Uma rosa com outro nome ainda é uma rosa."

"Certo, mas aqui essa merda não funciona. Se o Kuroi não quiser ficar comigo, ele pode pegar as coisas dele e cair fora. Nada o está prendendo."

"E, no entanto, ele fica", ela ressaltou.

"Pois é, ele fica." Ao ouvir minhas próprias palavras, refleti.

Por que ele ficou? Quem eu era pra ele? Eu ouvi o que a Yuki explicou, mas esse lance de kagema não podia ser o que eu estava pensando. Nem o Sato seria capaz de fazer isso com o próprio filho. Talvez a Yuki tivesse entendido errado, ou estivesse com ideias distorcidas sobre casamento.

Mas, se fosse verdade, o que isso diria sobre o Kuroi?

Não, eu não vou acreditar nisso. A Yuki não sabia do que estava falando. Eu só precisava focar no que vim fazer aqui.

"Como faço pro Kuroi não me matar?", perguntei, direto.

Yuki tomou mais goles de chá, prolongando o silêncio. Eu já achava que ela não falaria mais nada, quando se manifestou.

"O Kuroi sempre responde a uma mão firme."

"Uma mão firme?"

"O Kuroi precisa saber o lugar dele."

"O lugar dele?"

"Mi no hodo wo shiru. Sabe o que isso significa?"

"Como diabos eu saberia?"

"Significa que saber seu lugar é saber quem você é. O Kuroi ainda não sabe o lugar dele no mundo. Talvez, com uma mão forte como a sua, ele descubra."

Que porra isso queria dizer? Uma mão forte como a minha? Se ela estava falando o que eu acho que estava, isso pode ser uma das coisas mais doentias que já ouvi.

Se não fosse o olhar do Kuroi quando eu apertei o pescoço dele, eu teria ignorado isso. Ele tinha gostado quando apertei mais forte? Será que ela tinha razão? Era isso que o Kuroi procurava?

Não seria a ideia mais maluca, considerando que as "carícias" dele exigiam pontos. Mas o que exatamente significava "mão firme"?

Saber seu lugar é saber quem você é. Podem deixar pros japoneses terem um provérbio pra isso. Ao mesmo tempo, isso descreve bem a vida numa família como a minha. Tudo só funciona bem quando cada um sabe o seu papel.

Será que fiquei tão perturbado pelo Kuroi ser um homem que acabei negligenciando meu dever como chefe da nossa nova família? Deixei de estabelecer as regras que mostrariam quem ele é pra mim? Foi porque eu mesmo não sabia?

Não foi minha escolha me casar com o Kuroi. Eu nunca me imaginei com um marido. Mas agora tenho um, e ele é a coisa mais quente que já vi. Então, o que o Kuroi é pra mim? Ele é meu. Ele é meu.

Se alguém acha que pode tê-lo, ou mesmo olhar torto pra ele, vou arrancar a cabeça do infeliz. Se alguém ousar tocar nele, corto a mão fora. Ele agora está sob minha proteção, até o dia em que eu morrer. E se alguém não entender isso — incluindo o Kuroi — vai ter uma surpresa desagradável.

A Yuki não disse mais nada pelo resto do encontro. Quando terminou o chá, levantou, fez uma reverência e foi embora. Eu fiquei ali, sem saber o que fazer a seguir.

Eu sabia o que eu queria fazer. Queria correr pra casa, agarrar meu marido gostoso e transar com ele sem parar. Mas a gente ainda não estava nesse ponto, e talvez nunca chegássemos. O que eu sabia era que eu estava no meu limite. Hoje à noite, algo iria se quebrar.

Chapter 10
Dante

Eu ia matar o Matteo por seja lá o que ele tivesse dito ao Kuroi. Até eu sair para o banheiro, tudo estava indo bem. Sim, eu tinha descoberto que meu pai havia convidado o irmão traidor de volta às nossas vidas para me matar. Mas o Matteo e o Kuroi estavam se dando bem.

O que o Matteo podia ter falado pra ele? Eu nunca tinha visto o Kuroi daquele jeito. Parecia outra pessoa. Eu queria o Kuroi que eu conhecia de volta.

Na esperança de que tudo que ele precisasse fosse uma boa noite de sono, segui para o meu quarto e cama. Lembrando a sensação de ter o Kuroi nos meus braços, não consegui pegar no sono. Quando amanheceu, eu tinha dormido, no máximo, três horas. E, ao voltar para a sala e encontrar a porta do quarto de hóspedes ainda fechada, eu não sabia o que fazer.

— Você está acordado? — perguntei, batendo na porta. — Kuroi?

— Que foi? — ouvi a voz dele lá dentro.

— Preciso da sua ajuda. Posso entrar?

— A casa é sua — ele disse, sem soar nada bem.

Ao entrar, vi as roupas que ele usara na noite anterior largadas no chão, enquanto os travesseiros estavam marcados de maquiagem. Eu não conhecia o Kuroi há muito tempo, mas aquilo não parecia com ele. Olhando para ele, enfiando o rosto no travesseiro, falei:

— Eu podia usar sua experiência hoje.

— O que é?

— Preciso encontrar meu tio Vinny. Se ele está na cidade, vou precisar de reforço.

— Por que não pede ao Matteo?

— Não confio no Matteo pra isso. Confio em você.

— Você não devia.

— Como você mesmo disse, você mata pessoas. E, se chegar ao ponto de precisar, eu quero alguém que não hesite por lealdade familiar.

O que eu tinha falado era verdade, não era? Tio Vinny era da família. Tanto o Matteo quanto o Lorenzo podiam hesitar se as coisas dessem errado. O Kuroi não hesitaria. Ele realmente era a única pessoa em quem eu podia confiar para me dar cobertura.

— Vamos lá, Kuroi, preciso de você.

O Kuroi se virou para me encarar.

— É sério. Você é o único em quem posso confiar nisso — falei, com sinceridade.

Ele olhou para baixo, esfregou o rosto no travesseiro e então se levantou.

— Certo. Me dá uns minutos pra eu me vestir.

Voltando para a sala, entendi o que meu novo marido quis dizer com "uns minutos". Quarenta minutos depois, ele surgiu parecendo mais ele mesmo.

— Você demorou uma eternidade — comentei, sem conseguir esconder minha irritação.

— Você queria minha ajuda, não queria? Eu precisava me montar.

Ele falou como se a pessoa que eu conhecia como Kuroi fosse apenas uma máscara que ele usava. Será que era? Quanto eu sabia sobre o Kuroi? O quanto era realmente possível saber sobre ele? Eu não o conhecia havia tanto tempo assim.

— Café? Fiz uma cafeteira cheia — ofereci, erguendo minha caneca.

O Kuroi serviu café em um copo térmico e partimos.

— E qual é o plano? — ele perguntou enquanto eu dirigia rumo ao escritório.

— Vamos nos encontrar com o Lorenzo.

— Tem certeza de que pode confiar nele?

— Se não puder, estamos ferrados. Porque ele sabe de tudo.

— Tudo? — o Kuroi perguntou, num tom sugestivo.

— Bom, tem umas coisas que ele não sabe. Mas ele sabe de muita coisa.

O Kuroi não respondeu. Eu não conseguia deduzir o que ele estava pensando, mas quanto mais a gente conversava, mais meu Kuroi reaparecia. Espera aí, desde quando eu comecei a pensar nele como "meu Kuroi"?

Mas era o que ele era, meu. E se alguém tentasse ficar entre nós, como o Matteo, ia ter que se ver comigo. Meu irmão ia ter que aprender isso. Mas primeiro, teríamos que lidar com o meu pai e a tentativa dele de se livrar de mim.

Chegando ao meu escritório mais tarde do que de costume, encontrei o Lorenzo já lá dentro. Sentado na cadeira em frente à minha mesa, ele piscou duas vezes quando me viu entrar com o Kuroi. Mantendo o olhar fixo no meu marido, perguntou:

— Como foi ontem à noite com o Matteo?

Enquanto eu me acomodava atrás da minha mesa, o Kuroi se sentou na poltrona perto da janela. Mesmo usando um terno masculino, vi os saltos dele quando apoiou os pés na mesinha de centro. Pareciam botas até a altura das coxas, que o deixavam uns bons centímetros mais alto.

— Foi instrutivo — respondi ao Lorenzo, conferindo minha agenda do dia.

— Não me deixe curioso. Foi ele quem tentou atirar em você?

— Não acho que tenha sido.

— Então quem foi?

— Você sabia que o tio Vinny estava na cidade? — perguntei, observando o Lorenzo de perto para ver se ele mentia.

— Tio Vinny? — ele repetiu, surpreso. — Desde quando?

— Não sei. Mas, se ele voltou, deve ter um motivo. Ele foi persona non grata pro Pa nossa vida inteira. Agora o Pa está puto comigo porque me casei e, de repente, o tio Vinny reaparece?

— É jogada do Pa — o Lorenzo concluiu, percebendo.

— É o que o Matteo acha.

— Então, o que você vai fazer?

— Precisamos achá-lo e descobrir por que ele está aqui.

— E se ele estiver aqui pra fazer o serviço sujo do Pa?

— A gente elimina ele.

— A gente? — o Lorenzo perguntou, empalidecendo um pouco. Por mais perigoso que fosse, o Lorenzo nunca tinha matado ninguém. E havia algo em mim que gostava disso. Ter sangue nas mãos não era um troféu. Era um mal necessário.

Se eu pudesse poupar meu irmão mais novo disso, eu pouparia. Era o mínimo que eu podia fazer. Crescendo do jeito que crescemos, certas coisas eram inevitáveis. A presa precisa saber sobreviver entre predadores. Mas presenciar a vida escapando dos olhos de alguém não era algo que o Lorenzo precisava ver.

— Eu e o Kuroi — esclareci.

— Você e o Kuroi? — ele repetiu, olhando de novo pro meu marido.

— É. Isso é assunto de família. Vou manter em família — falei, mandando uma mensagem ao Lorenzo sobre o que o Kuroi significava pra mim.

— Entendi. Então, você tem certeza mesmo de que ele está na cidade?

— Ainda não chegamos nessa parte — expliquei.

— Eu posso descobrir — o Kuroi disse, me pegando de surpresa.

— Você? Como? Você não sabe nada sobre ele — perguntei ao meu marido, mortalmente calmo.

— Não preciso. Tudo de que preciso é do nome dele. Qual é?

— Vincent Ricco.

— Me dá até o fim do dia — o Kuroi disse antes de se levantar e sair.

Quando ele se foi, o Lorenzo se voltou pra mim e abaixou a voz.

— Tem certeza de que pode confiar nele, Dante?

— Em quem, no Kuroi?

— Em quem você acha que estou falando? — ele retrucou, irritado.

Fitei-o, não gostando do tom que ele usava.

— Desculpa, Dante. Mas, sim, o Kuroi. Pensa bem. Chamam ele de Viúva Negra. Todo mundo com quem ele fica morre. Todo mundo!

— Outra coisa: não quero mais ouvir essa merda de Viúva Negra.

— Você não quer mais ouvir sobre isso? Dante, você se casou com ele e, imediatamente, quase morreu. Acha que foi coincidência?

— Você tá perguntando se eu acho que casar com o Kuroi irritou tanto o Pa a ponto de ele tentar me matar?

— Mas esse é o ponto. Vamos supor que tenha sido o Matteo quem atirou em você. Como isso aconteceu?

— Como assim?

O Lorenzo se levantou e andou pela sala, pensativo.

— Ok, você disse que quando fomos pra lá, seu plano era convencer o Sato a desistir do acordo, certo?

— Certo.

— Então, não tinha como você saber que ele planejava se casar com você naquela hora. E se você não sabia, o Pa muito menos. Então, por que ele teria mandado o Matteo seguir você com um rifle de precisão, caso você o irritasse?

— Não sei. Nosso pai é perturbado — respondi.

— Ele é perturbado. Mas qual foi o motivo pra você precisar assumir o negócio?

— Porque ele não pensa estrategicamente — percebi.

— Exato. E exigiria um raciocínio estratégico estar tantos passos à sua frente. Eu conseguiria. Talvez você também. Mas o Pa e o Matteo...?

Tive que admitir que o Lorenzo estava certo. Eu estava dando ao Pa mais crédito do que ele merecia. Sim, o Matteo podia ser o único capaz de fazer aquele disparo. Mas por que ele estaria lá pronto pra atirar?

— O que você tá sugerindo, que eu inventei que levei um tiro?

— Não tô sugerindo que você inventou nada. Mas, e se a sensação no seu pescoço não fosse o que você pensa?

— O que mais poderia ser?

— Pode ter sido um nervo comprimido. Pode ter sido uma dor fantasma. Eu sinto essas coisas o tempo todo. Do nada, algo dói, depois passa.

— Então você acha que eu imaginei tudo?

— O que eu tô dizendo é que a resposta mais óbvia costuma ser a correta. Existe só uma pessoa capaz de um tiro desses, e não havia motivo pra ele estar lá. Isso deixa o beijo da Viúva Negra como a causa mais provável do seu acidente.

— Eu disse pra parar com essa história de Viúva Negra.

— Então me dá outra explicação. Você tava lá. Ele te beijou. Em menos de cinco minutos, você se chocou contra uma árvore. O que mais poderia ter acontecido?

Virei minha atenção para a janela, sabendo que havia uma outra possibilidade.

— O que foi? — o Lorenzo perguntou, sempre perspicaz.

— Quando eu tava no hospital, a doutora — médica do Sato, diga-se de passagem — tinha uma ideia maluca do que poderia ser.

O Lorenzo inclinou a cabeça como um cachorro curioso.

— Ela sugeriu que não foi um atentado contra a minha vida. Disse que poderia ter sido... — hesitei, tentando pensar em um motivo pra não contar. Não encontrei nenhum. — ...Um ataque de pânico.

O Lorenzo me encarou, sem saber o que dizer. Eu via a cabeça dele trabalhando.

— Não — ele concluiu, com toda a confiança do mundo.

— E foi o que eu falei. Claro que não foi um ataque de pânico. Eu não tenho essa porra de ataque de pânico.

— Você não tem.

Observei a confiança inabalável dele em mim.

— Certo. Mas como você sabe disso? — perguntei, intrigado.

— Como assim, "como"? Eu te conheço.

— Você não sabe de tudo sobre mim.

— Tá falando do fato de você às vezes transar com homens?

— Cuidado com a sua boca — eu disse, voltando ao meu jeito pré-Kuroi de reagir.

— Você se casou com um homem, acho que pode admitir que já transou com outros. O quê? Acha que eu nunca fiz isso? Acha que o Matteo nunca fez?

— O quê? — perguntei, surpreso.

— Só tô dizendo que eu te conheço. Mesmo quando você acha que eu não conhecia, eu conhecia. E tô te falando: não foi ataque de pânico.

Recostei na cadeira, atordoado. Passei anos escondendo o que eu fazia. Há quanto tempo ele sabia? Quem mais sabia?

— Pra quem mais você contou? — perguntei, envergonhado.

— O quê? Sobre o que você faz no seu quarto, que não tem nada a ver com a família ou qualquer outra coisa?

— É. Você não teve problema em falar sobre o Matteo.

— Eu também falei de mim. Você não vai me perguntar sobre isso?

— O cara no corredor, naquela noite em que fui na sua casa. Ele estava saindo do seu apartamento. Por isso você tinha comida pra duas pessoas.

O Lorenzo balançou a cabeça, confirmando.

— Há quanto tempo você tá com ele?

— Não faz muito. Não chamaria de algo sério. Nosso mundo é muito pesado pra alguém que não faz ideia do que tá se metendo.

— Então você entende.

— Quer dizer que eu entendo por que você não vê que o Kuroi tá tentando te matar?

— Não. Quero dizer que você entende que não é o Kuroi. Pensa bem. O que você sente é o que ele sente. Ele não é um monstro. Eu entendo o mundo dele. Droga, eu faço parte dele. Por que ele mataria o único homem que o entende?

— Porque faz parte da natureza dele. Viúvas Negras não matam porque querem. Elas matam pra sobreviver. Vai saber, talvez ele te ame. Mas isso não vai impedi-lo de te devorar depois de obter o que precisa.

# Capítulo 7

Kuroi

Bem, isso não funcionou. Achei que poderia ser a esposa perfeita, a mulher japonesa perfeita. Achei que poderia ser minha irmã. E tudo o que continuo fazendo é limpar o sangue do meu marido do chão.

Ah, tudo bem. Acho que algumas garotas não nasceram para a vida de casada. Acho que isso significa que vou morrer sozinho. Quem poderia prever isso? Imagino que todo mundo. Eu odeio quando as pessoas estão certas sobre mim!

Então, o que deu errado? Tanta coisa, mas vamos começar pelo começo. Quando ele chegou em casa pela primeira vez e me encontrou aqui, me olhou de um jeito estranho e eu o esfaqueei. Razoável.

Depois, depois de passar um tempão na frente do espelho me preparando, deixei o jantar pronto para ele quando chegou em casa, e ele riu de mim. Nesse caso, ele estava pedindo para morrer, não estava? Se há uma mariposa e uma chama, o que posso fazer a respeito?

Ao mesmo tempo, não consigo deixar de pensar que carrego alguma responsabilidade pelo que aconteceu, de alguma forma. Isso soa absurdo considerando todo o esforço que fiz. Sério, além do limite. Mas ainda assim, todo mundo por quem senti algo morreu. Em algum momento, a garota tem que se perguntar: 'Sou eu?'

Por mais impossível que pareça, talvez seja. Certamente nunca fiz nada de errado. Se alguma coisa extracurricular aconteceu com um amante, era uma mariposa indo em direção à chama, assim como Dante. Mesmo assim, não posso deixar de pensar que talvez eu tenha tido algum papel nisso.

Não importa, o que passou, passou. Água debaixo da ponte. Tudo de que preciso me preocupar agora é com o que vou fazer para meu marido hoje à noite. Ele nunca disse o que achou da caçarola. Talvez fosse meio cozinha do Meio-Oeste americano demais para ele. Dante era italiano. Talvez eu prepare espaguete esta noite.

Revistando meu baú, que ainda estava onde o deixaram na sala de estar, encontrei o vestido perfeito. Bem anos 1950, interior da Itália. Exigiria a maquiagem perfeita para combinar. As sobrancelhas sobre o rosto branco tinham que gritar portabella.

Depois de passar a maior parte do dia planejando meu figurino, passei mais uma hora de molho na banheira de hidromassagem do quarto principal. Todo o estresse do dia se dissolveu. Refrescado, fui até a penteadeira que montei no banheiro de hóspedes e comecei a trabalhar. Quando terminei, tive que me perguntar para onde o dia tinha ido. Mal tive tempo de pedir a comida antes de Dante chegar em casa.

    Ontem ele me fez esperar a noite toda. Talvez isso tenha ajudado a inspirar minha reação completamente razoável. Nenhuma mensagem ou ligação dizendo: 'Querido, vou me atrasar'? Quanto tempo ele esperava que eu ficasse de pé ali? Eu estava de salto alto.

    Mas era isso que as esposas faziam, não era? Ficar de pé esperando fielmente seus maridos? Eu fiz a minha parte. Esperava que ele fizesse a dele.

    Assim que a comida foi entregue, peguei a tigela de espaguete do meu marido e servi. Arrumei a mesa e esperei dar 18h, então calcei meus sapatos. Para combinar com o estilo campestre, escolhi sandálias rasteiras. Elas não ficavam bem nos meus pés um tanto masculinos. Mas, se ele não gostasse, teria que desviar o olhar.

    Assumindo minha posição na beirada do balcão, no ambiente de planta aberta, eu teria uma visão clara do elevador. Quando o elevador tocasse, eu pegaria a tigela e a apresentação começaria.

    Para minha surpresa, não precisei esperar muito. Em menos de cinco minutos ali, eu ouvi. Meu maridinho estava em casa. Pegando a tigela e apresentando-a à minha frente, sorri.

Havia algo diferente em Dante ao entrar desta vez. Seus olhos eram de aço. Eles vasculharam o cômodo à minha procura. Quando me encontrou, ele se aproximou como um leão à espreita. Eu quase gozei na minha calcinha.

Parado na minha frente, ele avaliou o que via. Minha maquiagem estava perfeita. Não havia um fio de cabelo fora do lugar. Não havia nada que eu tivesse feito errado.

— Não — proclamou ele com autoridade.

— Desculpe? — perguntei, confuso com a palavra.

— Eu disse não.

Eu não sabia como responder. Não tinha certeza do que estava acontecendo. Ele estava tentando me dizer o que fazer?

— Vá ao banheiro e lave o rosto — ele ordenou.

O quê? Será que ele era o maluco? Eu tinha passado o dia inteiro cuidando do meu rosto. Eu estava decidindo o que usaria para machucá-lo quando ele repetiu.

— Eu disse, vá ao banheiro e lave o rosto — desta vez, enfatizando cada palavra.

— Não — respondi, sem saber o que qualquer um de nós faria em seguida.

Dante inclinou a cabeça, surpreso. Ele era claramente um homem acostumado a conseguir o que queria. Mas ele teria que aprender que eu não era um dos seus subordinados. Mais do que isso, ele estava arruinando nosso momento.

Ignorando tudo, ele andou lentamente à minha frente, sem tirar os olhos de mim. Se eu não soubesse o que estava acontecendo, pensaria que ele estava decidindo se me devoraria ou não.

— Eu deixei você se safar de umas loucuras desde que chegou aqui...

— Você me deixou...?

— Eu estou falando! — ele exigiu.

Eu parei, já tendo sido tratado assim antes, mas em um contexto totalmente diferente. Quando ficou claro que eu não o interromperia novamente, ele continuou.

— Eu deixei você se safar de umas loucuras desde que chegou aqui, mas não mais. De agora em diante, você fará o que eu mandar e nada além disso. Você me entendeu?

Eu estava... confuso. Ao ouvi-lo falar, uma onda de calor tomou conta de mim. Foi uma descarga de adrenalina.

— E se eu não fizer? — desafiei.

Ele me encarou sem vacilar.

— Então será punido.

Minha respiração falhou. Meu coração disparou.

— Eu gostaria de ver você tentar.

Dante recuou, contendo sua raiva. Medo e excitação travavam uma batalha dentro de mim. Endurecendo a coluna, ele avançou centímetros à minha frente e à tigela de espaguete. Eu podia sentir o calor dele. Era intoxicante.

— Kuroi — ele começou com a voz grave —, vá ao banheiro e lave o rosto.

Eu tremia, mal conseguindo me conter. Precisei abrir a boca para respirar. Segurando a tigela, preparando-me para me defender, puxei o ar para os pulmões e sussurrei:

— Não.

Ele não respondeu, mas a raiva emanava dele. Quando se moveu, percebi que não estava preparado para o golpe. Recuando para absorver o impacto, ele nunca veio. Em vez disso, Dante foi até a cozinha, dando-me as costas.

Observando-o, vi que ele pegou uma colher de madeira na gaveta de utensílios e puxou a cadeira da cabeceira da mesa de jantar. Sentando-se, fitou meus olhos.

— Venha aqui.

Abri a boca para protestar. Ele me interrompeu.

— Agora!

O que eu poderia fazer? Eu o ouvi. Era para eu ir até ele. Então, colocando a tigela no balcão, me aproximei. Parado aos seus pés, tremia como um colegial.

— Ajoelhe-se. De bruços sobre o meu colo.

Meu Deus. Meu coração batia forte. Minha cabeça girava. Lutei para resistir, mas não consegui.

Abaixando-me de joelhos, inclinei meu corpo, apoiando o estômago sobre as pernas dele.

Quando o primeiro golpe acertou, minha pele ficou elétrica. Meu corpo formigou. Depois que a onda de choque passou por mim, uma ardência se espalhou pelas minhas nádegas, tirando meu fôlego.

O segundo foi ainda mais intenso. O terceiro me fez gemer.

— Ahh — gemi, sabendo que ele não tinha se contido. O poder dele me deixou fraco nos joelhos. Então, quando ele me mandou levantar, eu não tinha certeza se conseguiria.

Engolindo em seco enquanto o calor se espalhava pelo meu pescoço, estremeci à medida que a ardência dos golpes se espalhava. Lutei contra a dor até me colocar de pé, e tudo que pude fazer foi encará-lo de cima. A raiva dele havia passado, mas isso não transparecia em seu rosto.

— Agora, vá ao banheiro e lave o rosto. Quando terminar, sentaremos para apreciar a refeição que você preparou.

Sem dizer uma palavra, fiz o que ele havia ordenado. Eu não queria remover as horas de trabalho que tive, mas me senti compelido a fazer o que ele disse. Era como se eu não pudesse me impedir. Ou talvez eu não quisesse me impedir.

Encarando meu espelho de maquiagem, respirei fundo e peguei uma toalha. Removendo as camadas lentamente, o que se revelou por baixo era queimado e feio. Desviei o olhar. Eu havia feito o que ele ordenou. Tudo o que restava era voltar para ele.

Lembrando da força na voz dele, respirei fundo e fiz o que me foi dito. Saindo do banheiro, entrei na sala de estar. Incapaz de levantar o olhar, me aproximei da mesa de jantar, encontrando-o sentado. Pegando a tigela de espaguete, coloquei-a sobre a mesa e me sentei ao lado dele.

Ainda incapaz de encará-lo, fiquei sentado enquanto ele se servia. Quando terminou, eu sabia que era a minha vez, mas não consegui me mexer. Não consegui levantar o olhar para ele. Não consegui me levantar. Tudo que pude fazer foi ficar ali sentado, humilde. Esse não era eu. E, mesmo assim, ali estava.

— Kuroi — disse Dante, chamando minha atenção.

Virei-me para ele sem encarar seu olhar.

— Olhe para mim — ele disse suavemente. Quando não olhei, ele repetiu com autoridade: — Olhe para mim!

Eu olhei. Os olhos dele estavam diferentes. Mais suaves, talvez. Gentis, quem sabe.

— Não quero que pense que não gosto da sua maquiagem e dos seus vestidos. Acredite, eu gosto. Você está lindo.

— Eu não estou — admiti, sem conseguir mais sustentar o olhar dele.

Inclinando-se sobre a mesa, ele segurou meu queixo entre os dedos. O toque dele enviou arrepios de prazer pelo meu corpo. Erguendo meu queixo, me fixei nos olhos dele.

— Eu disse, acredite em mim. Você está.

— Então, por quê?

Dante soltou meu queixo e, desta vez, foi ele quem desviou o olhar. Observando o próprio prato, demorou um instante antes de voltar a me encarar com vulnerabilidade.

— Porque estamos casados há três dias e mal sei como meu marido é de verdade. Eu gostaria de conhecê-lo.

— Você vai se decepcionar — admiti.

— Deixe que eu decida. Você pode fazer isso?

Eu não respondi. Ele entendeu como um sim.

— Ótimo. E só para você saber, até agora, eu gosto do que vejo — ele disse com um sorriso.

Ele sorriu. Meu marido sorriu para mim. Por quê? O que isso significava? Tudo que eu sabia era que eu gostei. Eu não deveria, considerando que ele era claramente um péssimo juiz de caráter. Mas ele era... doce.

— Agora — disse Dante, relaxando —, você se juntaria a mim para esta refeição excelente que preparou?

Eu estava pensando em dizer a ele que havia comprado a comida, mas por que estragar o momento?

Servindo um pouco no meu prato, comecei a comer, percebendo que não tinha pensado em tudo. Eu odiava espaguete. Sempre odiei. Então, sentado ali comendo, me perguntei se ser obrigado a comer algo que eu não gostava também era culpa minha.

Nosso jantar continuou em silêncio e terminou da mesma forma. Limpando a mesa como uma deusa doméstica, voltei ao meu lugar sabendo que nossa primeira conversa de verdade ainda não tinha acabado.

— Suas coisas ainda estão na sala — ele disse por fim, olhando para meus baús.

— Eu não sabia onde colocar — admiti, sentindo uma pontada de vergonha.

— Entendi — ele respondeu, pensando por um momento. — Você pode se mudar para o quarto de hóspedes. Pode ficar à vontade e considerá-lo seu.

— Não — respondi sem pensar duas vezes.

— Não?

— Não — repeti, como se fosse óbvio.

— Por quê?

— Porque eu sou seu marido. Como seu marido, vou dividir sua cama.

— Não! — ele respondeu rispidamente. Foi duro o suficiente para eu pensar que isso levaria a outra briga. Mas, em vez disso, ele abaixou os olhos. — Olha, você precisa entender que tudo isso é novo para mim. Eu não planejava me casar com você.

— Você achou que seria a Yuki — falei, constatando o óbvio.

Ele balançou a cabeça sem responder.

— Não importa o que eu pensei. Só não esperava por isso. Não estou dizendo que não seja bom ou que eu não vá me acostumar. Eu só preciso de um momento.

— Eu entendo. Você pode ter seu momento. — Parei. — Momento encerrado.

Dante me olhou e riu.

— Você tem suas regras. Eu tenho as minhas. Se vou ser casado, e como você, não tive escolha, vou dividir a cama do meu marido.

— Você não queria fazer isso? — Dante perguntou, amolecendo um pouco.

— Eu queria me casar com um completo estranho e ter filhos dele?

— Pode ser que o Sato não tenha te contado tudo sobre abelhas e flores — ele brincou.

— A resposta é não, eu não queria isso. Fui enganado, assim como você.

Dante me olhou decepcionado. Isso me surpreendeu.

— Então, o que fazemos a respeito? — ele perguntou.

Deixei a pergunta pairar no ar.

— Chegamos a um meio-termo — sugeri.

Dante me olhou intrigado.

— Como assim?

— Cumprimos nossos deveres com a nossa família e com o nosso casamento — falei com um leve sorriso.

— E onde está o meio-termo nisso? — ele perguntou, divertido.

— Você não vê? — brinquei.

Dante riu. Foi uma boa risada. Aquilo me encheu de calor.

— Não vejo.

— Tudo bem. O meio-termo é que, enquanto você se acostuma, vou passar apenas algumas noites por semana na sua cama.

— Uma noite.

— Sete — retruquei.

Dante riu de novo.

— Três.

— Quatro — cedi.

Ele me encarou com um sorriso maroto. Foi bom.

— Certo, quatro. Mas minha regra permanece. Você deve fazer o que eu mandar, quando eu mandar.

Fiquei ofendido.

— Ou o quê?

— Ou será punido novamente.

A sugestão dele enviou uma descarga pelo meu corpo que me deixou tonto.

— Você está me ameaçando com coisa boa?

— Estou falando sério.

— Eu também estou — confirmei.

Ficamos nos olhando. Eu estava começando a ver algo surgir nele. Isso me excitava. Será que ele ia me punir com regularidade?

— Se não seguir minhas regras, eu vou te punir — ele confirmou, sugestivo.

— E o que acontece se eu seguir suas regras?

— Vou te punir mais — ele respondeu com um sorriso diabólico.

Meu pau ficou duro como pedra. Com a ardência de sua surra diminuindo, eu queria mais. Para minha grande surpresa, me contive. Quem diria que eu era capaz? Mas até eu podia ver que estávamos em uma negociação delicada. E ainda havia uma coisa a discutir.

— Então, onde devo colocar minhas coisas?

Dante pensou a respeito.

— E se eu dissesse no quarto de hóspedes?

— Eu diria novamente que não — falei com um sorriso.

— Tudo bem. Você pode colocar no meu quarto.

— Nosso quarto — corrigi.

— Veremos.

— Veremos. E eu já disse que nosso dormir juntos começa hoje à noite?

Não consegui dizer se era pânico ou prazer que dominava Dante.

— Você está dizendo apenas a mesma cama, certo? Só isso? — ele confirmou.

— Veremos — respondi com um sorriso.

— Kuroi!

— Tudo bem. Espero não fazer nada que faça você me punir — provoquei.

— Eu cometi um erro, não foi? — ele brincou.

— Não do meu ponto de vista — falei, enxergando meu marido de verdade pela primeira vez. Ele não era o homem que eu pensei que fosse. Eu esperava um brutamontes. Era o que eu esperava de todos os homens. Ele era diferente. Eu não sabia dizer exatamente como, mas ele era.

— Por que você não se prepara para dormir? Eu estarei lá em um segundo — eu disse a ele.

— Sem pressa. Eu preciso tomar um banho.

Assenti.

— Me avise se precisar de ajuda lá dentro — falei com um sorriso.

Ele me olhou de forma acusatória.

— Para se despir — expliquei.

A desconfiança dele aumentou.

— Por causa dos seus pontos!

— Certo. Meus pontos — ele repetiu, duvidoso.

Ele não estava errado.

Esperando um tempo razoável, acabei indo para o quarto dele. Ao entrar, encontrei a porta do banheiro aberta. Aproximando-me e apoiando-me no batente, vi que ele estava sem camisa e vestindo uma calça de moletom. Assim que vi o volume nela, foi tudo em que consegui me concentrar. Meu pulso acelerou ao imaginar esse volume se pressionando contra mim.

— Você vai dormir com isso? — ele perguntou, me trazendo de volta.

Olhei para o meu vestido. Parte de mim se sentia tola por usá-lo. Era como se eu estivesse andando fora do palco com meu figurino.

— Não. Você pode me ajudar com o zíper?

— Sim — ele disse, se aproximando lentamente.

Quando senti o calor do banho dele me envolver, inspirei o cheiro dele e virei de costas. Esperando seu toque, quando ele veio, me causou arrepios pelo corpo.

Com o dorso dos dedos tocando meu pescoço enquanto ele segurava a parte de cima do meu vestido, ele o abriu devagar. Quando terminou, o dorso da mão dele roçou nas minhas nádegas. Teria sido intencional?

Sentindo o calor nas minhas bochechas, me virei, deixando quase nenhum espaço entre nós. Ele não se moveu. Nem eu. Baixando as alças sobre meus ombros, deixei o vestido cair.

Ainda a centímetros dele, ergui o olhar para seus olhos e mostrei meu pescoço sutilmente. Eu queria que ele quisesse aquilo. Ele não se moveu. Então, quando saí do meu vestido vestindo apenas minha calcinha de renda rosa, ele teve uma boa visão.

— Você está pronto para dormir? — perguntei, virando-me para que ele visse minha bunda empinada.

— Você me faz ficar inseguro de tudo — ele respondeu.

— Você não precisa ficar inseguro em relação a mim — eu disse antes de me deitar e me acomodar em um travesseiro, olhando nos olhos dele.

Tendo terminado meu show, observei-o enquanto saía do banheiro. Ele não fez nenhum gesto grandioso. Não precisava. O aumento do volume dele dizia tudo, e vê-lo me fez arrepiar.

Sentando-se do seu lado da cama, ele esticou a mão para apagar a luz e então se deitou. Por um momento, ficou escuro. Senti-o ao meu lado. Olhando para o teto, me perguntei o que deveria fazer a seguir. Eu queria testá-lo. Eu queria sentir seu pau pulsando.

Mas não era esse o teste dele para mim? Ele havia pedido que nada acontecesse entre nós. Pelo menos, não hoje à noite. Eu poderia fazer isso. Quer dizer, eu meio que poderia.

Mas tudo em mim gritava para eu me virar, enfiar seu pau grosso na minha boca e empurrá-lo até a garganta. Eu não faria isso. Não esta noite. Seria torturante tê-lo tão perto, mas eu provaria que ele podia confiar em mim.

Obviamente, ele só poderia confiar em mim até certo ponto, porque eu não conseguia ficar sem fazer nada com ele ao meu lado. Sentindo seu leve almíscar nos lençóis e travesseiros, eu estava o mais duro que podia estar. Precisava pelo menos tocá-lo. Então, fazendo questão de que ele notasse, virei de lado, passei o braço em volta dele, sobre seu peito, e me encaixei como uma concha.

Meu pau duro encontrou as nádegas dele. Se encaixou na fenda perfeitamente. Por esta noite, teria que bastar. Pressionando meu peito contra as costas dele, apoiei minha bochecha em seu ombro. Aquilo era tão bom que eu a movi um pouco. Era tudo o que eu podia fazer para não quebrar completamente a confiança dele.

Isso não durou, mas não porque eu desisti. Depois de alguns breves minutos, Dante me sacudiu para se virar. Afastando-me, fiquei decepcionado, até que ele continuou virando, assumindo a posição de concha maior.

As mãos grandes dele se espalharam pelo meu peito. O volume duro pressionou minha bunda. E seu hálito quente se espalhou pelo meu pescoço, me relaxando mais do que nunca em minha vida.

Era isso que significava sentir-se seguro? Pensando nisso, adormeci lentamente.

# Capítulo 8

Dante

Acordar com meus braços envolvendo o homem mais bonito que já vi me fez pensar: "Que porra estou fazendo?" Isso não era eu. Sim, já tinha ficado com alguns caras. Mas eu não costumava acordar com eles nos meus braços.

Na maioria das vezes, todo mundo sabia como as coisas funcionavam quando apareciam na minha casa. Era só matar a vontade e ir embora. Não havia sentimentos envolvidos. Nós dois só estávamos saciando uma urgência. Eles vinham para ter o suficiente do que precisávamos, até a próxima vez.

E, mesmo assim, lá estava eu, segurando o Kuroi como se não quisesse soltá-lo. Mas eu tinha que soltar. Não podia me perder no que quer que estivesse acontecendo aqui. Eu tinha um trabalho que exigia minha atenção. Bastava um segundo de descuido para acabar morto.

Ainda assim, o homem com quem eu estava dessa vez era meu marido. Até que a morte nos separe. Era definitivo. Ele não iria a lugar nenhum. Eu precisava criar uma nova vida que o incluísse.

Será que nessa vida nova eu o colocaria regularmente sobre meus joelhos para bater com uma colher na bunda dele? Deus, eu esperava que sim. Nunca estive tão excitado na vida. Não sei o motivo, não consigo explicar. Mas ouvir a reação dele a cada golpe me fez sentir que aquilo era de verdade.

Em um mundo onde todo mundo mente dizendo o que acha que você quer ouvir, não há nada em que se possa acreditar. Mas a dor é real. O corpo tem seus limites. Passando de certo ponto, ninguém consegue fingir.

Com suas roupas espalhafatosas e comentários malucos, não consigo saber o que é real com o Kuroi. Mas quando soltei o braço na bunda dele e ele guinchou, descobri quem ele era de verdade. Com ele daquela forma, eu poderia tê-lo despido e o fodido ali mesmo.

Provavelmente foi por isso que concordei em deixá-lo se mudar para o meu quarto. Eu teria concordado com qualquer coisa, vendo-o olhar para mim daquele jeito. Mas não posso me permitir ficar fraco na frente dele.

O corpo maldito dele era como uma droga. Continuo precisando de mais. Mesmo agora, estou me segurando para não pressionar meu pau pulsante contra a bunda dele, implorando para que me deixe entrar.

A sensação do corpo esguio dele nos meus braços. O leve aroma cítrico nos cabelos. Ele era um afrodisíaco ambulante. Preciso mantê-lo a uma distância segura. Se eu me distrair por um segundo, quem vou me tornar?

Eu estava disposto a ficar ali a manhã toda desejando algo dele que não podia ter. Mas então ele se mexeu e se encostou mais em mim. Eu já o segurava; só havia mudado uma coisa. Agora a bunda firme dele estava pressionada contra o meu pau duro.

Congelei querendo aquilo e sabendo que não podia ter. Então, quando ele rebolou a bunda, me convidando, eu o soltei e pulei da cama.

"Onde você vai?" ele perguntou com uma voz rouca de sono.

"Preciso me arrumar para o trabalho", respondi, indo para o banheiro sem olhar para trás.

"Eu quero ir junto", ele disse docemente.

Parei e olhei para ele. Era a primeira vez que ele me pedia algo tão gentilmente. Droga, como eu poderia recusar, ainda mais com aqueles olhos grandes e lindos me encarando?

"Acho que não seria uma boa ideia", falei sem nenhuma convicção.

"É porque você tem vergonha de ser casado comigo? Acha que eu iria te envergonhar?"

Fiquei na defensiva.

"Não tenho vergonha de você. Não ligo para o que digam. Você é meu marido e qualquer um que tiver problema com isso vai engolir meu soco."

"Então, por que não posso ir?"

"É que..."

"São os vestidos? Eu sei ser profissional."

"Não são os vestidos."

Na verdade, era um pouco por causa dos vestidos. Não me entenda mal, eu os adorava pra caralho. E nem sabia que isso seria algo que me excitasse tanto até vê-lo com aquele vestido de noiva.

Mas eu não tinha certeza de como as roupas e a maquiagem extravagante dele seriam recebidas pela família, considerando que, se o Matteo tivesse tentado me matar, seria por ordem do nosso pai. E, se o Papai tivesse dado essa ordem, seria por ter permitido que o Sato humilhasse nossa família me casando com seu filho.

"Então, por que não posso ir?"

"Eu não disse que você não pode. Só acho que não é uma boa ideia agora", respondi antes de fugir para o banheiro e fechar a porta. "Além disso, você não tem que passar o dia desempacotando as suas coisas?", gritei enquanto encarava o mentiroso no espelho.

"Não tenho tanta coisa assim."

"Mesmo assim, talvez não seja a melhor hora."

E foi assim que deixamos a conversa. Vesti-me às pressas, passando por ele enquanto ainda estava na cama.

Ele não voltou a perguntar. E, quando eu gritei que estava indo para o trabalho e que o veria à noite, resolvemos nosso primeiro desentendimento. Talvez ser casado com ele não fosse tão complicado quanto pensei. Cheguei mais cedo ao trabalho que de costume e tirei um momento para apreciar o silêncio. Tudo isso realmente era uma bagunça. E não estava falando apenas do assassino que dividia minha cama. Havia outra pessoa tentando me matar. Essa pessoa podia ser meu irmão.

Quando minha assistente entrou para deixar minha correspondência, retomei o foco no que eu precisava fazer. Uma das mudanças que fiz em relação a como meu pai conduzia as coisas foi profissionalizar o negócio. Já não bastava manter duas contabilidades. Agora, lavávamos dinheiro investindo em imóveis e criptomoedas. Os relatórios que isso gerava não tinham fim.

Tudo precisava da minha aprovação e assinatura. Além disso, eu precisava garantir que o negócio se beneficiasse da minha nova conexão com a Yakuza. Se eu quisesse que meu pai aceitasse meu casamento e não tentasse me matar, ele precisava enxergar as vantagens de eu estar com o Kuroi.

"Tem um minuto?", Lorenzo perguntou, espiando pela porta.

"Fala", respondi, convidando-o a entrar.

Fechando a porta atrás de si, Lorenzo se aproximou e se sentou na cadeira do outro lado da minha mesa, sorrindo.

"Vai ficar aí sorrindo como um idiota ou tem algo pra me dizer?"

"Algum ponto novo de sutura na noite passada?"

Encarei meu irmão, me perguntando a que ele estava se referindo. Foi ele quem me costurou da última vez que precisei de pontos. Então, era uma pergunta legítima. Mas aquele sorriso dele... E quantas perguntas mais viriam depois disso?

Adormecer com o Kuroi nos meus braços tinha sido uma das melhores sensações da minha vida. Segurá-lo fazia coisas comigo. Mas o Lorenzo precisava mesmo ver esse lado da minha vida? Eu era o irmão mais velho dele e a cabeça da família. Não estava pronto para que ele me visse de outra forma.

Não, por enquanto, minha vida com o Kuroi ficaria entre nós dois. Ninguém mais precisava saber ou ver nada. Só precisavam entender que a família Ricci e a Yakuza de Nova York estavam alinhadas. Ninguém se meteria entre nós.

"Não tem ponto nenhum. Fica por isso mesmo."

"Entendi", Lorenzo disse, ficando mais sério. "Tem mais uma coisa sobre a qual não conversamos."

"É? Qual?"

"Quem tentou te matar."

Ele tinha razão. Não falamos mais sobre isso desde que percebemos que o único capaz de atirar no meu pescoço enquanto eu dirigia era o Matteo.

Lorenzo continuou: "Quer que eu fale ou você fala?"

"O quê?"

"Nosso pai pode ter contratado alguém para te matar."

"Não sabemos disso."

"Não sabemos de nada. Mas sabemos quem poderia atirar no seu pescoço dessa forma, se é que foi mesmo um tiro. E também sabemos que você deu a ele um bom motivo para ordenar o atentado."

"Olha, Lorenzo, sei que você tem problemas com o Papai. Mas dizer que ele mandou me matar? Qual é."

"E o tio Vinny?"

O tio Vinny era como o bicho-papão lá em casa enquanto crescíamos. Diziam que ele desafiou meu pai, querendo tomar conta da família, e o Papai mandou matá-lo.

Nenhum de nós podia confirmar porque ele voltou para a Itália depois disso e só ligava no Natal. Ele sempre pedia para falar com o Papai, que recusava atender.

"Não sabemos o que rolou entre eles. Pode ter sido qualquer coisa", falei para o Lorenzo.

Ele me olhou confuso.

"Por que você tá defendendo ele de repente?"

"Não tô defendendo ele. Você tá acusando o homem de mandar matar o próprio filho e eu tô tentando raciocinar."

"Você tá defendendo, sim. Depois de tudo que ele fez a gente passar quando éramos pequenos."

"Ele nos criou para sobrevivermos. Não se prepara um leão para viver na praia."

"Que porra é essa, Dante?"

Sim, eu ouvi como soou. O Lorenzo tinha razão. Eu estava arranjando desculpas para o jeito de merda que ele nos tratou. Consigo entender por que o Matteo faria isso. Mas, depois de tudo, por que eu estava fazendo o mesmo?

"Tô dizendo só que o jeito que ele nos criou fez a gente virar o que somos hoje."

"É. Homens que não sabem se nosso próprio irmão tentou te matar."

Eu estava prestes a dar outra desculpa para o nosso pai, mas o interfone tocou.

"Tem alguém vindo aí. Eu não consegui parar ele", avisou Silvie, me fazendo buscar minha arma.

Antes de alcançar a que ficava presa embaixo da minha mesa, a porta do meu escritório se escancarou. O tom de pânico na voz da Silvie me fez pensar que fosse coisa séria. Meu coração parou, esperando uma bala.

Mas, com o dedo no gatilho e uns 50% de chance de atirar através da minha mesa, reconheci o rosto familiar. Parado na porta, ele me fitou e estreitou os olhos.

"Isso é uma arma na sua mão ou você tá só feliz em me ver?"

"Kuroi? O que você tá fazendo aqui?" perguntei, agora preocupado de outra forma.

"Será que um rapaz não pode ver onde o novo marido trabalha?" ele perguntou, entrando e fechando a porta.

"Pensei que tivéssemos concordado..."

"Não concordamos com nada. Eu disse que queria ver onde você trabalha e aqui estou. E, querido, é melhor você tirar a mão dessa arma antes que eu me ofenda."

Ele estava sendo espalhafatoso e brincalhão, mas eu não me deixei enganar. Sabia do que ele era capaz, então soltei a arma.

"Ótimo", ele disse, antes de se voltar para o Lorenzo, que estava surpreso. "Você estava no nosso casamento, não estava? É um dos irmãos?" Kuroi olhou para mim. "Tenho tantos agora que fica difícil acompanhar."

"É, eu tava lá. Sou o Lorenzo", ele disse, estendendo a mão com um sorriso exagerado.

Ao ver o sorriso do Lorenzo e o jeito como o Kuroi olhou de volta para ele, tive vontade de saltar por cima da mesa e arrancar a garganta do meu irmão.

"Kuroi. Encantado", disse o Kuroi, flertando.

"Sério, Kuroi, o que você tá fazendo aqui?", exigi a atenção do meu marido paquerador de volta antes que alguém saísse machucado.

"Eu disse pra você..." ele falou de forma provocante.

"E eu disse pra você."

"Pois é, e cá estamos", disse ele antes de ocupar a poltrona perto da janela. "Por favor, não deixem que eu interrompa. Só quero ver meu homem em ação."

Ele tinha que saber que isso estava me irritando, certo? Ele desobedeceu abertamente minha ordem. Ele tinha que saber que eu o puniria por isso. Ou talvez esse fosse o objetivo.

Meu pau latejou ao pensar no que eu faria com ele quando chegássemos em casa. Um, ele veio sem a minha permissão. Dois, ele veio sem avisar. Infelizmente, ele não estava usando um vestido ou maquiagem visível, então não havia um terceiro ponto para puni-lo... pelo menos não esse.

O terno que ele usava parecia ser feminino, mas, caramba, ele estava gostoso nele. Cinza risca de giz, sem botões, preso na altura do peito, as mangas dobradas. E uma blusa sem gola, branca, com um recorte no decote. Se meu irmão não estivesse ali, eu o comeria só por ter aparecido assim.

"É, ah, vou indo", Lorenzo se ofereceu.

"Não, fique à vontade. Finjam que não estou aqui."

Lorenzo olhou para mim, perguntando o que fazer. Eu não tinha certeza. Ele era meu marido, mas também era filho do Sato. Ao mesmo tempo, não me parecia que o Sato tivesse dado muitas razões para ele ser leal ao próprio pai. Mas pais têm um jeito de mexer com a sua cabeça.

"Vamos fingir que ele não está aí. Tenho certeza de que vai ficar quietinho", falei, encarando-o.

"Como um ratinho", Kuroi disse, satisfeito.

Lorenzo me olhou, confirmando se eu tinha certeza.

"Enfim, como eu estava dizendo, não podemos tirar conclusões precipitadas sobre quem está tentando me matar", falei, em parte para o Kuroi entender.

"Alguém está tentando te matar?" Kuroi sentou ereto. "Quem?"

Lorenzo riu.

"Estamos tentando eliminar suspeitos", expliquei.

"Quem está na lista?"

Lorenzo se adiantou: "Bom, o primeiro da lista é você."

"Não faz sentido. Se eu quisesse matá-lo, ele já estaria morto. Quem mais?"

Lorenzo me olhou, como que pedindo permissão para continuar, mas eu assumi a conversa.

"O Sato é outro."

"É possível. Mas a pessoa mais provável para fazer o serviço seria eu e, de novo, você não estaria vivo. Próximo."

"Como sabemos que você não está jogando no longo prazo?", Lorenzo questionou.

"Dante, querido", ele brincou, "você não contou pra ele o quanto sou impaciente?"

"Não, querido, não contei nada porque mantenho trabalho e vida pessoal separados", falei entre dentes.

"Ah, é assim que você trata seus casos. Mas eu sou seu marido até que a morte nos separe", ele disse com um sorriso que me teria feito mijar nas calças se eu ainda achasse que ele tinha vindo me matar. "Então, quem mais?" ele perguntou, impaciente.

Olhei para o Lorenzo, esperando algum último motivo para não contar. Ele não me deu nenhum.

"Alguém que pode ter motivo pra me eliminar é..." Respirei fundo antes de admitir, "nosso pai."

Kuroi pensou e respondeu: "Consigo imaginar."

"Consegue? Por quê?" perguntei, surpreso.

"Você é mais jovem, mais forte, mais inteligente. É uma ameaça."

"Ameaça a quê? Eu estou liderando a família. A família dele."

"Exatamente. A família dele, e é você quem está no comando. Isso pode fazer a pessoa sentir certas coisas."

"Coisas que façam um pai mandar matar o próprio filho?" perguntei, ofendido e chocado.

"Eu mandaria."

"Você mandaria matar seu filho por assumir os negócios da família?"

"Depende."

"De quê?"

"Se eu entreguei a ele ou se ele me tomou. Se ele tomou e eu não tava pronto pra abrir mão...", Kuroi fez um gesto cortando o pescoço.

Lorenzo acrescentou: "No seu caso, seria mais tipo", e fingiu ter um ataque cardíaco, levando a mão ao peito.

Kuroi olhou para o Lorenzo com um fogo no olhar. Trinquei os dentes. Olhares não matam, mas o Kuroi, sim.

"Acho que o que meu irmão quer dizer é que sua fama te precede."

"Ah, obrigada!", Kuroi respondeu, tomando aquilo como elogio. Olhou para Lorenzo. "E tenho certeza que, se alguém ligasse para quem você é, a sua fama também te precederia."

Lorenzo se remexeu, engolindo o insulto.

"Enfim", interrompi, "você não é nosso pai. Então, não sei quão relevante é a sua opinião."

Kuroi se inclinou, interessado.

"Me diz uma coisa: se seu pai quisesse te matar, quem ele mandaria?"

Olhei de novo para o Lorenzo.

"Se ele mandasse alguém, provavelmente seria o Matteo."

"O psicopata que matou um dos homens do meu pai amarrando-o a um carro e arrastando-o até a morte?"

"Esse mesmo. Nosso irmão, Matteo."

"Ah, ele mataria você sem problemas."

Lorenzo riu. Não entendi o porquê.

"Você não sabe disso", retruquei, dispensando a ideia.

"Tô dizendo que ele é capaz de te matar. Não que já tenha tentado."

Os olhos do Lorenzo foram de mim para ele. "Então, vamos ignorar que todos os amantes dele morreram de ataque cardíaco e que você pode ter tido um antes do acidente?"

"Um ataque cardíaco causou o seu acidente?", Kuroi perguntou, surpreso.

"Eu não tive ataque cardíaco! Nem ataque de pânico. Nem porra nenhuma!"

"Então, por que você bateu o carro numa árvore?" Kuroi perguntou, preocupado.

"Senti uma fisgada no pescoço instantes antes de apagar. A teoria é de que levei um tiro."

"Deixa eu adivinhar", Kuroi retrucou, "a única pessoa que você conhece que faria um disparo desses é o seu irmão, Matteo?"

Olhei para o Lorenzo, buscando uma saída. Não encontrei.

"É."

"Eu posso descobrir pra você", Kuroi disse, tranquilo.

"O quê?"

"Me coloca frente a frente com ele. Descubro se foi ele que tentou te matar."

"Você não vai torturar meu irmão!", falei tomado pela raiva protetora.

"Caramba, calma. Não falei nada sobre tortura. Só preciso conversar com ele. Onde a gente faz isso?" ele perguntou, entusiasmado.

O Kuroi estava falando sério e empolgado. O que o fazia pensar que conseguiria arrancar algo do Matteo? Tudo bem que o Matteo não era a pessoa mais sofisticada que eu conhecia, mas ele sabia ficar de boca fechada.

Quando não respondi, Kuroi acrescentou: "Vamos lá, me coloca no mesmo lugar que ele. Eu descubro tudo pra você."

Lorenzo e eu ficamos em silêncio, então ele disse: "Você é meu marido. Mais cedo ou mais tarde, nós vamos acabar no mesmo lugar de qualquer forma. Se acontecer depois que ele te matar, eu vou ter que matá-lo."

"Vamos lá, Dante, você estaria salvando duas vidas aqui", Lorenzo brincou.

Eu me encostei na cadeira, pensando. O Kuroi não estava errado. Em algum momento, eles acabariam ficando juntos no mesmo lugar. E algo me dizia que o Kuroi não iria largar essa ideia. Talvez fosse melhor ter controle de como e onde isso aconteceria.

"O Matteo sugeriu que nós três jantássemos juntos."

"Peraí, achei que a gente ia jantar junto antes", Lorenzo me lembrou.

"Ah, que fofinho", Kuroi suspirou. "E, se algum dia você for suspeito de matar meu marido, acredite, eu seria a primeira pessoa que você veria", ele disse num tom de bebê mais ameaçador do que eu achei possível.

"Ainda bem que não precisamos nos preocupar com isso, porque o Lorenzo é o irmão mais leal que tenho."

"Assim espero. Então, quando vou conhecer o traidor?"

"Nós não sabemos se ele é um traidor. Nem mesmo se nosso pai está tramando algo contra mim."

"Então tá na hora de descobrir. Marca o jantar e me avisa quando. Eu vou preparar uma refeição digna do meu rei."

"Na verdade, vou marcar no Maramar. Eles têm um cannoli que você precisa experimentar."

Kuroi, que já segurava a maçaneta, olhou para mim. Estava claro que eu estava escolhendo um lugar público para limitar as 'atividades extras' de ambos. Eu quase esperava que o Kuroi insistisse, mas ele não o fez. Suponho que isso só significasse que eu tinha três motivos para castigá-lo, o terceiro sendo falar quando disse que ficaria quieto.

"Marque para hoje à noite", Kuroi disse, cedendo.

"Vai ser amanhã à noite. Nós temos planos para hoje", falei, deixando claro meu descontentamento no olhar.

Ele me encarou e quase gemeu. "Ah, certo, nossos planos. Vou estar vestido e pronto quando você chegar."

Essas palavras deixaram meu pau duro. Vendo-o partir, imaginei minha mão enganchada na cintura fina dele e a sensação da parte da frente das minhas coxas tocando a parte de trás das dele. Eu o faria gemer.

"Vocês dois têm planos hoje?" Lorenzo perguntou, assim que ele saiu. "Vocês já foram vistos juntos em público?"

"Não são esses tipos de planos", respondi, revelando mais do que deveria, mas empolgado demais para me segurar.

Depois de debater brevemente se valia a pena deixar o Kuroi ter um jantar com o Matteo primeiro, bati o martelo e combinei a data. Ainda faltava muito trabalho para o dia, mas só conseguia pensar em como iria punir o Kuroi por me desobedecer.

Havia muitas maneiras de fazer isso, mas qual eu escolheria? Acabei precisando fazer uma pesquisa. Ele certamente entendia mais de ser punido do que eu de punir. Mas se tem algo em que sou bom é levar um corpo aos limites físicos para conseguir o que quero. E o que eu queria era o Kuroi, então eu ia ter que apertar as coisas.

Nunca fui de fazer compras, mas a que fiz em seguida foi bem divertida. Numa loja no coração do Harlem, encontrei um monte de opções. Imaginar como poderia usar cada uma delas no Kuroi deixou meu pau latejando.

Depois de uma hora vasculhando as prateleiras, saí com algumas sacolas. Mal consegui me controlar para não avançar sinais no caminho pra casa. Quando estacionei, precisei respirar fundo para acalmar meu pau. Peguei as sacolas e entrei no elevador sentindo que outra pessoa assumia o controle de mim.

Entrei no meu apartamento e a sala estava vazia.

"Kuroi, vem aqui agora!", gritei, tomado pela fúria e pelo tesão.

Kuroi saiu do meu quarto, cabisbaixo. Ele estava no meu quarto. Era mais uma coisa para puni-lo. Usando um robe japonês bordado em seda dourada, ele se aproximou, abaixou a cabeça e disse: "Sim, senhor?"

Ao ouvir aquilo, meu pau ficou duro de novo. Com ele na minha frente, consegui imaginar o toque da minha mão percorrendo a pele cor de mogno dele.

"Você apareceu no meu escritório sem a minha permissão."

"Sim, senhor", ele respondeu, a cabeça ainda baixa.

"O que eu disse que faria se você não seguisse minhas regras?"

"Disse que me puniria, senhor."

"Exatamente. E mesmo assim você fez. Queria ser punido?"

"Sim, senhor."

"Está pronto pra sua punição?"

"Sim, senhor."

"Ajoelha."

Sem levantar o rosto, Kuroi se ajoelhou.

"E fica assim."

"Essa é minha punição?"

"Você só fala quando eu disser. Entendido?"

"Sim, senhor."

Deixei-o ali de joelhos, cabeça baixa, e fui até o quarto para me preparar. Organizando tudo, aproveitei o momento. Tomei um banho quente, sentindo cada gota de água escaldante na pele. Eu me sentia vivo.

Vestindo um robe de seda, voltei para a sala e encontrei Kuroi na mesma posição. Observando-o imóvel, peguei uma bebida e a saboreei, esperando qualquer deslize para puni-lo mais. Ele não deu nenhum.

Então retornei à frente dele e mandei que se levantasse. Ele obedeceu sem me encarar.

"Vai pro meu quarto", ordenei, firme.

Ele obedeceu e eu fui atrás. Assim que entrou e parou, eu passei por ele, fiquei ao lado da cômoda e mostrei o que estava sobre ela.

"Por ter me desobedecido, você vai escolher", falei, apontando para o chicote curto (crop) e o flog que contrastavam com o pano branco embaixo. "Cada um vai trazer uma série de disciplinas diferentes. Entendeu?"

"Sim, senhor."

"Você vai aguentar. Se em algum momento não suportar mais, vai dizer a palavra 'cerejas'. Nada além disso me fará parar. Entendeu?"

"Sim, senhor."

"Fala."

"Não, senhor."

"Por que não?" esbravejei, irritado.

"Porque não quero que você pare, senhor."

Eu me acalmei e sorri.

"Escolha."

"Posso ficar com os dois, senhor?"

"A sua punição é ter que escolher só um."

Ele entendeu. Se tivesse se comportado, poderia ter os dois. Mas por ter desobedecido, teria que escolher, sem saber o que estava perdendo.

"Por favor, senhor, me deixa ficar com os dois."

"Eu disse pra escolher! ...Ou você fica sem nenhum."

Só então ele me olhou, desejo e medo reluzindo nos olhos. Ele correu até a cômoda e ficou encarando os dois objetos.

"Posso tocar neles, senhor?"

"Não", proibi, aumentando ainda mais a punição.

"Escolha."

Com a mão pairando sobre os dois, ele tremia de vontade.

"Eu disse pra escolher!"

"O flog", ele soltou, sofrendo por ter que optar.

"Muito bem", falei, removendo o chicote e guardando-o na gaveta.

O desejo dele o deixou vulnerável. Ver isso fez meu pau latejar. Eu o queria tão desesperadamente que seria capaz de socar uma parede para tê-lo. Mas eu precisava ensinar uma lição. Eu também ia gostar disso.

"Tira a roupa", ordenei, sentindo o coração disparar.

Sem hesitar, Kuroi se virou e deixou cair o robe. Estava nu por baixo. As linhas esguias do corpo dele destacavam músculos definidos. Era mais belo que qualquer estátua. Minha pele formigava só de olhar.

Além disso, o pau dele estava duro. Depilado quase por completo, a ereção se destacava. Eu queria senti-lo nas minhas mãos, acariciar as bolas pequenas dele. A ideia me dominou.

Me recompus e peguei duas algemas numa outra gaveta. Coloquei-as na cômoda ao lado do flog e me dirigi a ele.

"Algeme uma em cada mão."

Ele obedeceu sem hesitar. Com as duas presas, me olhou cheio de desejo.

"Agora, me segue", falei, pegando o flog e indo até a porta de vidro que dava para a varanda.

Com ele aguardando, abaixei as luzes atrás de nós. As luzes da cidade brilhavam à nossa frente. Levei-o até a grade e mandei que segurasse ali. Obediente, ele abriu os lábios, quase sem fôlego.

Imaginei o que ele sentia com o vento fresco da noite acariciando a pele suada. Pressionei meu pau coberto pelo robe contra ele, inclinando-me para sussurrar em seu ouvido: "Agora, quem estiver olhando vai ver o que acontece quando você me desobedece."

"Sim, senhor. Por favor, me ensine a obedecer."

"Vou te ensinar a obedecer", murmurei no ouvido dele, deixando-o trêmulo.

Afastei-me e deixei o flog estalar na bunda dele. Quando as tiras de couro tocaram sua pele, ele jogou a cabeça para trás. Eu não havia tido piedade.

"Obrigadinho, senhor", ele gemeu.

Ouvindo isso, bati de novo. O corpo dele se arrepiou enquanto a bunda ganhava marcas avermelhadas. Arrastei as tiras de couro pelas áreas marcadas, aguardando ele relaxar, para então estalá-las de novo. Quando o corpo dele estremecia, meu pau latejava.

"Mais, senhor", ele implorava.

Golpeei de novo e de novo, cada vez mais excitado. Quando mirei na parte de trás das coxas dele, ele soltou um grunhido. Não estava preparado. E quando as pernas começaram a se mexer, perdi o controle. Bata atrás de bata, até que segurei o peito curvado dele, mordi sua orelha e posicionei meu pau na entrada apertada.

"Posso?", gemi.

"Por favor", ele implorou.

Sem hesitar, deixei minha lubrificação abrir caminho pela entrada fechada até entrar fundo nele.

"Ahhh", ele gemeu, sentindo meu volume forçar sua passagem.

O calor dele me consumia. O prazer reverberava no meu corpo. Mordi sua orelha, tomando cuidado para não gozar de imediato, e me afundei mais até não ter como ir além. Apertando a cintura dele, impulsionei com força até ele se contorcer numa agonia deliciosa.

Enterrado dentro dele, deslizei a mão pelo peito nu até o pescoço. Ele desapareceu sob meu aperto. Apertei, sentindo-o completamente à minha mercê. Eu poderia fazer o que quisesse. Sentindo a brisa da noite circular entre nossos corpos quentes, recuei só o suficiente para estocar lá dentro.

"Isso. Isso!", ele sussurrava, com minha mão ainda em sua garganta e meu quadril batendo na bunda dele.

Minha mente girava, cada segundo mais entregue ao momento. O corpo dele nos meus braços, a bunda envolvendo meu pau, os gritos, gemidos, cada investida me deixava louco.

Eu o fodi com força, de novo e de novo, até suas pernas fraquejarem. Quanto mais eu o penetrava, mais eu o sustentava de pé. Ele estava derretendo. Quando enfiei a mão por baixo do abdômen dele e ergui seus pés do chão, já não havia volta.

Ainda dentro dele, avancei e soltei as algemas do parapeito. Livre, puxei-o contra meu peito e segui para o quarto. Continuávamos unidos. Sentia como se ele fizesse parte de mim. Ele passou as pernas em volta das minhas e os braços em volta da minha cabeça, agarrado em mim. Quando o deitei na cama, precisei soltar o aperto dele para buscar o que queria a seguir.

Colocando-o de joelhos, a bunda para cima e o peito contra o colchão, me posicionei por trás. Encantado, continuei metendo sem piedade. A cama balançava a cada investida. Era como se eu quisesse atravessar o corpo dele. Eu queria vesti-lo ou fazê-lo parte de mim. Não sabia ao certo. Mas, quando não aguentei mais ficar tão "longe" dele, virei-o, prendi os joelhos contra o peito e o penetrei enquanto buscava os lábios dele.

Eu não beijava homens. Só transava. Por que eu iria querer ficar tão próximo assim? Mas com o Kuroi, eu não sabia mais quem eu era. Estar com ele me transformava. E, quando nossos lábios se tocaram e ele os abriu para mim, me soltei de vez.

Por mais incrível que a bunda dele fosse, foi o beijo que me fez gozar. Os lábios dele eram pequenos. A língua, também. Mas, juntos, eram perfeitos. Aquilo roubou meu controle.

Continuamos nos beijando enquanto eu gemia, enchendo-o com meu gozo. Foi então que me lembrei do prazer do Kuroi. Levei a mão até o pau dele e o toquei; ele estremeceu na hora.

Ao deslizar o dedo pelo membro, percebi que ele já tinha gozado. Ele estava tão excitado quanto eu. Tinha gozado sem que nenhum de nós encostasse diretamente nele. Será que a forma como eu moldava o corpo dele por dentro foi pra ele o que nosso beijo foi pra mim?

Eu não sabia, e logo parei de me importar. Tudo o que eu queria era voltar aos lábios dele. Kuroi foi meu primeiro beijo de verdade. Sim, já beijara mulheres, mas aquilo nunca significou nada. Eu fazia porque era "o que um homem devia fazer." Nem sabia como deveria ser de verdade, até Kuroi abrir a boca e me deixar entrar.

Agora que o havia beijado, não queria mais parar. Kuroi era meu. Ninguém jamais voltaria a encostar nele.

Puxei meu pau, que começava a amolecer, de dentro dele e enfiei os dedos nos cabelos encaracolados, aninhando-o contra meu peito ao virá-lo sobre mim. Não parei de beijá-lo nem por um instante. Não conseguia.

Sentindo o gozo dele se espalhar entre nós, flexionei meu quadril, esfregando-o contra mim. Não demorou para meu pau ficar duro de novo. Surpreso, Kuroi segurou meu membro. Ele se afastou dos meus lábios tempo suficiente para rir, e depois voltou, descendo, passando pelo meu queixo, pescoço, peito e abdômen.

Com aqueles dedos delicados ainda envolvendo meu pau, senti outro arrepio quando os lábios se aproximaram. Mas ele não foi direto. Encostou o rosto nas saliências do meu abdômen, esfregou as maçãs do rosto nas linhas e foi traçando as reentrâncias com a ponta do nariz.

Quando não havia mais um centímetro para explorar, ele continuou descendo, pressionou meu pau enorme contra a lateral do rosto e passou a língua pela borda da minha glande. Assim que se satisfazia, mergulhava a cabeça no fundo da garganta.

Nunca esperei muito dessa parte. Outros já tinham tentado me engolir, mas eu era grande demais. Kuroi também tentou. Forçava até engasgar. Recuava, tentava de novo até o corpo contrair e as lágrimas brotarem nos olhos.

"Eu sou grande", avisei, dando a ele permissão para desistir. Mas ele não desistiu.

Concentrou-se mais em me masturbar enquanto chupava, provocando a cabeça do meu pau até meus dedos dos pés se agitarem. Ele sabia o que estava fazendo. Quando eu estava prestes a explodir, ele parava, me mantendo na beira. Me torturou assim por mais tempo do que achei possível.

"Por favor", implorei, desesperado para gozar.

Só então ele me olhou com um sorriso de gato. Ele sabia bem o que estava fazendo, o desgraçado. Finalmente, para me liberar, agarrou minhas bolas com a mão pequena e apertou.

Quando gozei, foi um vulcão. Não parava de jorrar. E mesmo depois de esvaziar todo o líquido em mim, continuei sensível.

Meu corpo inteiro parecia elétrico. Tirei a mão e a boca dele de mim, mas o safado voltou a encostar, fazendo meu pau pular. Era como levar um choque.

"Você é um sádico do caralho", falei, rindo.

"O quê? Não gosta que eu toque no seu pau?"

Ele encostou de novo, me fazendo estremecer.

"Ah!", gritei, afastando-o. "Sai daqui e deita comigo", pedi, puxando-o para meus braços.

Ele se acomodou com o rosto a poucos centímetros do meu, e fiquei olhando em seus olhos. Por um instante, me senti bem. Mas, quanto mais eu olhava, mais percebia que estava ferrado. Não conseguiria esconder o que sentia por ele depois daquilo. Se alguém perguntasse, eu não conseguiria negar.

Eu nunca soube que podia sentir algo assim. E, embora ele não soubesse, eu já estava na palma da mão dele.

O que eu ia fazer agora? O que meu pai diria quando descobrisse que eu estava me apaixonando por um homem que, além de tudo, foi a fonte da sua humilhação?

# Capítulo 9

Kuroi

Desde os 14 anos, quando meu pai me entregou a um sócio dele como "bônus de assinatura", passei a ter problemas de sono. No começo, eu só não conseguia continuar dormindo. Nunca descobri o motivo exato, mas reduzi a duas possibilidades. Talvez fosse porque eu sempre dormia em uma cama nova, ou porque toda noite eu acordava com um homem velho forçando o pau dele na minha bunda. Continua sendo um mistério.

Contudo, o problema real começou quando, além de não conseguir continuar dormindo, passei a também não conseguir pegar no sono. Houve períodos de vários dias seguidos em que eu simplesmente não dormia nada.

Tenho que admitir que isso me deixava meio louco. Depois de três dias sem dormir, ninguém queria ficar perto de mim. Já tentou passar maquiagem estando bêbado de exaustão? Não fica nada bonito.

Mas mesmo depois que o sócio do meu pai morreu repentinamente e eu voltei pra casa, ainda não conseguia dormir. Eu ia a bares até o amanhecer, bebia a noite inteira e trepava sem parar pra ver se meu corpo se rendia. Nada funcionava.

    Com o tempo, apenas aceitei. Eu era um péssimo dormidor, e meus amantes sempre acabariam mortos. Será que essas duas coisas estavam ligadas? Bom, como não estariam, né?

    Não me lembro de ter matado nenhum deles. Talvez tenha pensado nisso — principalmente o primeiro — mas planejar uma morte e executá-la dá trabalho demais. E, felizmente, meus problemas sempre acabaram se resolvendo sozinhos.

    Infelizmente, surgiu um problema novo: mesmo aqueles que eu queria que sobrevivessem morriam. E não era como se eu os esfaqueasse enquanto dormia. Seria até mais fácil aceitar. Não. Eu simplesmente ficava com alguém tempo o suficiente para finalmente adormecer em seus braços e, em questão de semanas, acabava enterrando a pessoa.

    E nem todos eram velhos. Um deles tinha 25 anos. Se ainda fosse possível eu amar alguém, teria sido ele. Ele era tudo que meu coração jovem desejava. E, apesar do bom senso, ele me amava. Fazer o quê!

    Falo isso pra explicar que nunca antes dormi tão facilmente nos braços de alguém como agora, nos de Dante. Uma explicação possível é que ele continua me drogando, o desgraçado. Mas não acordo com o mesmo zumbido no ouvido que eu sentia quando criança. Então, a menos que tenham inventado drogas melhores nesse meio tempo, não sei explicar.

De todo modo, percebi que conseguir pegar no sono nos braços de Dante me trouxe outro problema. Pra começar, desenvolvi essa vontade louca de sufocá-lo enquanto ele dorme. Não quero matá-lo, veja bem. Só gostaria de não ter que ouvir de novo ele dizer que precisamos dormir separados.

Consigo imaginar você reclamando: "Ah, Kuroi, que extremo! Ah, Kuroi, se você o matar, vai viver pro resto da vida sabendo que não abriu a garganta o bastante pra engolir o pau enorme, ai, ENORME dele." E você não estaria errado.

Mas imagine passar 13 anos sem uma noite de sono decente, finalmente ter uma e, logo depois, ela lhe ser tirada. Você também sufocaria alguém durante o sono. Você arranjaria vegetais cada vez mais grossos pra treinar a garganta, mostraria pro mastro dele quem manda e, enfim, o sufocaria no sono. Exatamente como qualquer um faria.

Até lá, contudo, preciso me segurar pra não fazer nenhuma besteira.

— Ei — disse Dante, acordando e me vendo encarar seus olhos a poucos centímetros de distância.

— Ei — ronronei, sentindo-me mais descansado do que em toda minha vida adulta.

Depois de me encarar por um instante, ele olhou pra baixo e ergueu meu braço. Acho que só queria levantar o próprio braço, mas, como algemei o pulso dele ao meu, era um pacote completo.

— Que história é essa? — perguntou, ainda sonolento.

— Que quer dizer? — devolvi, sabendo que ele podia estar se referindo a várias coisas.

— As algemas. Você nos algemou?

— Por que a pergunta?

— Porque estamos algemados — explicou.

— Ah!

Ele me olhou, intrigado. — Então, foi você?

— Já fiz tantas coisas que não posso me lembrar de todas — retruquei, fazendo o possível pra não parecer que achava aquilo uma pergunta boba.

Ficando confuso só por mais um segundo, ele logo relaxou e voltou a olhar meus olhos.

— Você sabe que vou precisar sair daqui uma hora, certo?

— Claro que sei que você vai sair. E vai me levar junto.

— Ah, é disso que se trata? O quê? Você acha que, por estar casado comigo, tem direito de participar dos negócios da minha família? — perguntou ele, divertido.

Ri. — Não sou de trabalhar.

— Então, o que vai fazer? Ficar algemado a mim pro resto da vida, como uma bola e...

— Se me chamar de "bola e corrente", vou ter que te matar. E seria uma pena, considerando o que fizemos ontem à noite.

Dante sorriu e torceu meu braço algemado, envolvendo-me num abraço.

— O que fizemos ontem à noite, hein?

— Você se lembra, não? Me fez escolher um flog e, então, me chicoteou na varanda, com gente olhando.

— Tinha gente olhando? — surpreendeu-se Dante.

Olhei pra ele como se fosse um idiota.

— Você chicoteou um homem nu na varanda da sua cobertura, no meio de Nova York. Formou-se quase uma plateia. Só não apareceu polícia porque acharam que você me pegou tentando fugir.

Dante jogou a cabeça pra trás. — Não tem graça nenhuma.

— Estamos na América. Acredite, é um pouco engraçado — comentei, tranquilizando-o.

Por algum motivo, isso o fez tentar se levantar.

— Me solta. Preciso me arrumar pra ir pro trabalho.

— Não! — recusei, achando um absurdo ele pedir.

— É sério, me solta.

— Como posso? São suas algemas. Nem tenho a chave.

Dante me lançou um olhar frustrado, esticou o corpo por cima de mim e abriu o criado-mudo ao lado da cama. Procurou algo ali dentro.

— Cadê a chave? Eu a deixei aqui ontem à noite quando preparei tudo.

— Espera, quer dizer que eu não devia ter engolido aquilo?

Dante rolou de volta e ficou me olhando.

— Quantos anos você tem, doze?

— A gente só tem a idade que sente — provoquei, no meu melhor humor.

Ao invés de se entregar a um dia relaxante na cama, meu marido brutamontes rosnou, rolou por cima de mim e me ergueu pelos ombros, jogando-me em cima dele como um saco de arroz.

— O que você tá fazendo? — reclamei.

— Falei que tenho que ir trabalhar. Acha que essa brincadeira infantil vai me impedir?

— Me põe no chão. Quem você pensa que é?

— Alguém que vai bater nessa sua bunda se continuar nessa palhaçada.

— Agora fiquei confuso. Você quer que eu pare ou continue?

— Continua pra descobrir.

Apesar da ameaça, não descobri nada. Mas descobri como é tomar banho sendo carregado no ombro de alguém. E também como é vê-lo fazer a barba de cabeça pra baixo. No entanto, quando ele realmente precisou sair, usou o mesmo truque da noite anterior e quebrou a algema presa ao próprio pulso.

— Desenho de escape — ele explicou.

— Ahh! — gemi, arrasado.

— Não quero te ver no meu escritório hoje.

— Como se falar isso fosse me impedir.

— Tô falando sério. Não consigo raciocinar quando você está por perto. E preciso decidir o que fazer com o Matteo.

Me animei. — Falei pra você marcar um jantar com nós dois que eu descubro se foi ele quem atirou em você.

— Não sei, Kuroi. Vocês dois podem ser...

— Escolha bem as palavras, marido — ameacei.

— Imprevisíveis.

— Acha mesmo que eu pularia por cima da mesa e cortaria a garganta dele em público por tentar te matar? Quer dizer, eu gostei muito do que fizemos ontem, mas não foi tudo isso.

— Tô magoado.

— E eu tô mentindo. Ontem foi excelente. Eu mataria sim quem tentasse te matar — falei, com um sorriso.

— Esse é meu garoto. Mas mesmo assim, ele é meu irmão. Por mais que tenha feito, não posso deixar você machucá-lo desse jeito.

— Tudo bem, não vou cortar a garganta dele.

Dante me olhou, divertido. — Promete?

— E se eu usar uma faca de manteiga? Tem ideia do quão difícil seria? Isso devia ser liberado.

— Viu só? É por isso que não posso pôr vocês dois juntos.

— Tô brincando. Você, como meu marido, devia saber que sou muito engraçado.

Dante riu.

— Sim, você é.

— Então vai marcar o jantar?

— Marquei pra hoje à noite.

— Oba! — soltei, genuinamente empolgado.

— Te vejo mais tarde — ele disse, quase indo embora.

— É, é, é... — chamei, fazendo-o parar.

— O que foi?

Franzi os lábios e apontei pra eles. Não sabia como ele reagiria. Na noite anterior, ele parecia adorar me beijar. Mas tem muito enrustido que curte uma coisa na escuridão e outra de dia.

Pra minha surpresa, Dante soltou um suspiro impaciente, cruzou o quarto e encostou os lábios nos meus. Tentou encerrar com um simples selinho, mas, com ele tão perto, apoiei meus antebraços em seus ombros e me acomodei nele.

Meu Deus, que beijo delicioso. Quando a língua dele tocou a minha, me senti tonto. Parecia que meu cérebro derretia como caramelo aquecido. Só depois de eu perder a noção do tempo foi que ele se afastou.

— Não, não podemos continuar agora. Preciso mesmo ir pro trabalho.

— Tem certeza? — provoquei. — Minha bunda está aqui, prontinha — acrescentei, mostrando meu traseiro nu.

Ele a contemplou por um instante, mas não demorou pra se recuperar do meu feitiço e ir embora.

— Você não me faz bem — comentou, com um sorriso, quando as portas do elevador se fecharam.

— Mas você me faz um bem danado — falei baixinho, imaginando como seria respirar sem ele.

Com ele longe, me joguei no sofá, de frente pro elevador, desejando que abrisse de novo. Não abriu. E mesmo depois de perder a esperança, ainda fiquei ali, caso algo mudasse. Se não fosse a vontade de ir ao banheiro, eu teria continuado sentado.

Depois de me aliviar e arrumar pro dia, me perguntei o que faria já que Dante não queria que eu fosse ao escritório. Ainda faltava tempo para o jantar com Matteo. Como eu ocupasse meu dia definiria o que vestir.

Resolvi visitar minha irmã e escolhi um terno de cetim azul-marinho, com um corte de pernas bem largas. Tinha o salto perfeito pra usar junto. E, como iria "pra casa", a maquiagem seria minimalista.

Pronto pra sair, percebi que não tinha como chegar lá. Peguei o telefone e liguei pro meu marido.

— Como você conseguiu meu número? — ele atendeu.

— Como adivinhou que sou eu?

— Justo. O que foi?

— Como faço pra chamar um helicóptero?

— O quê?

— Quando eu estava em casa, ligava pra assistente do meu pai e o piloto aparecia no heliporto. Você faz como? Ligo pra sua assistente?

Dante riu. — Se você pedisse à minha assistente pra chamar o helicóptero da família, ela ia achar que você é louco.

— Então eu ligo direto pro piloto?

— O que te faz pensar que tenho um helicóptero à disposição?

— Por que não teria?

— Por que eu teria?

Vendo que a conversa não ia render, fui direto.

— Quero ir ver a Yuki, que está em casa. Como faço?

— Você podia dirigir.

— Não. Tenta outra.

— Como assim, não?

— Preciso mesmo explicar o significado de "não"? Vai, tenta de novo!

— Posso mandar um motorista te buscar.

— Não. De novo.

— E se eu providenciar um helicóptero pra você chegar ao Sato?

Sorri, satisfeita. — Isso, marido. Sabia que você acharia uma solução.

Dante não pareceu feliz, mas disse que a assistente dele me ligaria com os detalhes. Em vinte minutos ela ligou e, mais vinte depois, pousei no heliporto da propriedade do meu pai. Tudo em menos de uma hora.

Como toda boa japonesa, Yuki era metódica. Naquele horário, ela estaria no jardim. Fui até lá, arrependido de estar de salto.

— Não entendo como você pode gostar de ficar aqui fora — falei, irritado, notando que nada disso afetava a pele porcelana dela.

— Me relaxa. Talvez devesse tentar jardinagem — retrucou, podando as roseiras de inverno.

— Tenho meus próprios jeitos de relaxar.

— Imagino.

— Acho que não imagina.

O silêncio caiu entre a gente, e fiquei só encarando minha irmã, sem muito o que fazer.

— Comprei um presente pra você.

— É mesmo? — perguntei, curioso. — Esse vai ser meu presente de casamento?

— Pense nele como quiser. A vida de casado tem te feito bem?

A vida de casado me fazia bem? Bom, eu estava dormindo melhor do que em anos, tinha tido a melhor trepada da minha vida e estava começando a curtir a companhia do meu marido.

— Já vivi coisas piores.

Ao ouvir isso, Yuki quase caiu de surpresa... ou, pelo menos, a versão "Yuki" de surpresa, que foi só olhar pra mim por um segundo. Ela voltou às rosas e comentou:

— Fico contente.

Depois de mais um instante podando, ela guardou as ferramentas e me guiou para dentro. Parecia quase... agitada. Eu nunca vira minha irmã tão abalada. Quem era essa ao meu lado?

— Chá? — perguntou, num tom que revelava seu nervosismo.

— Por favor — respondi, disposto a dizer qualquer coisa que a acalmasse.

Ela escolheu a varanda onde me casei pra servirmos o chá. Isso me fez entender o que a deixava tão à flor da pele: perder a mim.

Seu coração frágil não sabia lidar com isso. O olhar vazio que ela lançou ao bosque à nossa frente era tudo o que conseguia fazer pra não se jogar dali. Deu pena. Era trágico.

— Você disse que tinha um presente pra mim? — perguntei, tentando resgatá-la daquele estado.

Ela se virou e me encarou, depois se levantou.

— Vou buscá-lo.

Enquanto ela foi, deixei meus pensamentos voltarem ao tempo em que vivi ali. Eu tentava ficar longe sempre que podia. Via essa propriedade como uma prisão. Morar com meus amantes era minha fuga.

Yuki nunca teve essas opções. Não sei nem se chegou a ter um namorado.

É possível que sim, já que fiquei mais ausente ao longo dos anos, sempre que via chance de uma nova vida. Enquanto eu vivia mais um caso fadado, ela continuava aqui, a filha perfeita do nosso pai.

Se Yuki alguma vez considerou este lugar uma cadeia, pelo menos era cheia de privilégios. Ao contrário de mim, ela tinha acesso total ao dinheiro do meu pai. E, umas poucas vezes ao ano, voltava ao Japão pra ver irmãos que quase não conheci.

Mas o momento de puxarem sua coleira sempre voltava. Yuki era a presença constante da propriedade, vagando como um fantasma de porcelana. Se ela teve algum amante, deve ter sido nessas viagens. Difícil imaginar.

Retornando com o chá, minha irmã trazia uma caixa embrulhada com elegância. Fiquei de pé pra receber, segurei a outra ponta e me inclinei em reverência.

— Para a sua felicidade — ela desejou.

— Você me honra — respondi, meio no automático. — Por favor, sente-se — indiquei, esperando ela voltar ao lugar.

De volta às cadeiras, coloquei a caixa entre nós e a encarei, curioso. Abri delicadamente o presente, admirando o papel até chegar numa caixa branca. Levantei a tampa e, lá dentro, vi o que eu já esperava: um vestido preto feito com apuro.

Fiquei genuinamente encantado. Yuki tem um gosto impecável. Nunca vou saber onde encontra essas peças. Antes, achei que ela mesma desenhasse. Mas ficaram tão elaboradas que achei improvável.

— É incrível — falei, erguendo a roupa.

A parte de cima não tinha mangas e era bem ajustada ao tronco, com um bordado em linha preta. Era naquele estilo chinês clássico. A parte de baixo continuava em seda grossa, abrindo em duas pernas largas de calça, que juntas pareciam uma saia.

— Que bom que gostou — Yuki disse com um sutil sorriso.

— Gostei mais que isso. Vou usar hoje à noite.

— Vai sair?

— Jantar com Dante e o irmão dele — respondi, orgulhoso.

— Ah.

— Já conheceu o irmão do Dante, o Matteo?

Yuki inclinou a cabeça num gesto que indicava "não".

— Alguém tentou matar o Dante.
— Sério?
— Foi por isso que ele bateu o carro no dia do nosso casamento. Ele não fez aquilo só pra escapar de mim — comentei, não escondendo o alívio que senti ao dizer.
— Huh — grunhiu ela, sem reagir ao meu drama.
— E o que tem o jantar com Matteo?
— Dante acha que tinha alguém esperando pra atirar nele do lado de fora da propriedade.
— O pai sabe?
— Ele não sabe de nada. E preciso que prometa não contar a ninguém. Até descobrirmos quem fez isso, não pode se espalhar.
— Seus segredos sempre estiveram seguros comigo.
— Eu sei — falei, olhando pro vestido.

Talvez Yuki já soubesse de todos os meus segredos antes mesmo de eu me dar conta. Foi ela quem me deu meu primeiro vestido, antes de eu sequer experimentar um. Na ocasião, eu me senti exposto e humilhado, mas a alegria dela me vendo usar foi o que me confortou.

Hoje, meus vestidos são tão parte de mim quanto qualquer roupa. São meu jeito de mostrar quem eu sou. Minha forma de desafiar meu pai e de confundir quem tentasse me enfrentar. Como reagir a alguém como eu, sabendo que a menor palavra errada poderia custar caro?

— Por que seu marido desconfia do irmão?

— Acham que ele atirou por ordem do pai.

— Então você vai ao jantar hoje pra descobrir a verdade?

— Falei pra Dante que conseguiria enxergar a culpa nele.

— Adquiriu algum poder especial que eu não saiba? — ela debochou.

— Adquiri vários — entrei na brincadeira. — Agora consigo ver através de paredes.

— Grande habilidade.

— Também consigo tirar o pires debaixo da xícara sem encostar — falei, pondo as mãos sobre a louça como se fosse levitá-la. — Só não quero fazer agora.

Yuki cobriu a boca pra esconder o riso. Conseguir fazê-la rir sempre me trouxe uma sensação boa. É raro, mas, quando acontece, me completa.

Passamos o resto do dia juntos, e fui embora prometendo voltar. E, de fato, planejava, apesar de todas as reações emocionais dela.

Depois, liguei pra assistente de Dante, e o helicóptero chegou a tempo de eu voltar, tomar outro banho e me arrumar pro jantar. Eu já sabia a roupa: aquele presente novo. Só não sabia que maquiagem faria. Que impressão eu queria deixar pro meu novo cunhado?

Ele precisava entender que eu o mataria se ameaçasse Dante. Qual maquiagem dizia isso? Olhos felinos estavam tão fora de moda que só alguém louco arriscaria. Será que era esse o tipo de loucura que eu queria mostrar? Ou já seria exagero?

    Decidi por uma base bem pálida, pra me deixar com uma aparência meio fantasmagórica, realcei ainda mais minhas sobrancelhas espessas e passei um batom preto. Algo estilo Grace Jones, anos 80, que basicamente gritava: "Não vacila comigo, porque sou insano o suficiente pra transar até com o O.J. Simpson."

— Que porra é essa? — Dante resmungou, ao chegar em casa pra se trocar e me buscar. — Você sabe que vamos jantar com meu irmão, certo? Ele não vai engolir nada disso aí que você tá usando.

    Ignorei-o enquanto ele gesticulava, indignado, apontando pra mim dos pés à cabeça.

— Bom, o objetivo da noite não é fazer ele me aceitar, e sim descobrir se ele tentou te matar.

— É, mas se ele não tentou, você vai ter que encarar o Matteo com frequência. Ele não é tão cabeça aberta quanto eu.

— Então vai ter que aprender a ser, não vai?

    Dante parecia perturbado. Eu nem achava que alguém com tantas tatuagens pudesse ficar assim. Segurando minha mão, ele disse:

— Só quero que saiba que você tá maravilhoso. Tô falando sério. Eu gosto de tudo. Mas, quando se trata da minha família...

— Quando se trata da sua família, eles vão ter que se acostumar.

— Kuroi...

— Quer que eu te esfaqueie de novo?

Ele soltou minha mão e deu um pulo pra trás.

— Não! E ainda tô me recuperando daquele golpe.

Lembrar do que fiz me trouxe um pouco de culpa.

— Ahh, meu pobre bebê... — murmurei, me aproximando.

Fiquei colado nele e encostei a mão de leve ao lado das costelas, bem onde o atingi antes. Senti os pontos sob meus dedos. O corpo de Dante estava tenso, mas ele não se afastou.

— Nunca vou deixar ninguém te fazer isso de novo — falei, olhando nos olhos dele.

— Foi você quem fez. Vai fazer de novo?

— Espero que não — confessei. — Só quero te proteger.

Ele pareceu não tão convencido quanto eu gostaria, provavelmente porque preferi ser honesto. Nem eu sei ao certo o que posso fazer quando tô dormindo. Ele deveria estar pronto pra se defender se eu surtasse de exaustão.

Eu realmente não queria feri-lo novamente. Mas não confiava em mim mesmo.

— É melhor você se arrumar — falei, sem querer largá-lo.

Dante ficou me encarando e, então, se moveu.

— Se você se comportar hoje, talvez eu tenha algo especial quando voltarmos — provocou.

— Não faça promessas que não pode cumprir — rebati, entrando no clima.

— Você pode confiar na minha palavra. Sempre — assegurou, apertando minha bunda.

Aquela mão enorme, consumindo minhas nádegas, deixou meu pau duro. O que ele planejava? Eu amei tudo que rolou na noite anterior. Só senti falta de saber como teria sido também sentir o impacto do chicote.

— Vou ser um bom menino — falei, pressionando com meu polegar o lugar onde o esfaqueei.

Ele estremeceu e apertou ainda mais minha bunda. Seus dedos quase penetrando a pele. Doeu, e eu adorei.

Com a mão livre, Dante pegou meu pulso e afastou do ferimento. Fiz mais uma pressãozinha antes de soltar. Assim que liberei, ele se inclinou e me beijou. Não foi suficiente, mas lembrou das vantagens de me comportar.

Talvez eu não fosse pular na mesa e degolar o Matteo, afinal. Eu tinha muito a perder se fizesse isso. Será que meu marido já sabia como me controlar? Não sei se gosto dessa ideia.

Quando Dante foi se aprontar, fiquei na sala esperando. Ele voltou com uma surpresa: estava diferente. A calça, o blazer, tudo no padrão de sempre, mas a camisa era listrada em vermelho, branco e azul. Quem sabe esse fosse o jeito dele de relaxar.

Fomos até o elevador e, ao pegar o braço dele, Dante se endireitou. Parecia gostar que eu estivesse junto. Difícil acreditar, visto que quase todo mundo que se envolveu comigo fugiu em algum momento. Até o garoto que eu amava fugiu de ser visto ao meu lado em público.

Ele não fazia parte desse mundo, então tinha medo. E estava certo em temer — apenas temeu as pessoas erradas. Deveria ter me temido, o único em quem confiava.

Chegando ao restaurante, esperei Dante abrir a porta do carro. Ele demorou um segundo pra perceber, mas sacou o recado.

— Não se acostuma que não farei sempre — avisou, fechando a porta depois de me ajudar a sair.

Ignorei-o e, assim que ele fechou a porta, peguei o braço dele de novo. De novo, ele se pôs mais ereto, quase orgulhoso de me conduzir.

Entramos no restaurante, e comecei a escanear o lugar. Verifiquei onde ficavam as saídas e então observei os clientes. Uma mistura de gente, mas nem um asiático ou negro.

Havia, contudo, alguém nos encarando. Difícil não perceber: era uma versão mais bonita do Dante. E se eu estivesse solteiro à procura de sexo hoje, eu iria embora com ele.

— Seu irmão é gay? — perguntei, chamando a atenção de Dante, que ficou pasmo.

— Nem a pau — garantiu ele.

Voltei meu olhar pro homem que nos vigiava. Dava pra ver os neurônios dele fritando. Estava sem saber o que fazer. Encontrar a gente o desequilibrou — bom sinal. Eu precisava manter isso.

— Você sabe quem eu sou? — falei pra Matteo, antes que Dante dissesse algo.

— Já ouvi muita coisa sobre você — Matteo respondeu, sorrindo.

— Tudo coisa boa, eu espero.

— Depende. Aquilo tudo é verdade?

— E o que dizem? — retruquei, já com o maxilar tenso.

— Vocês dois podem, por favor, esperar a gente sentar antes de dar vexame? — pediu Dante, claramente desconfortável.

— Quem tá dando vexame? — perguntei, enquanto Dante puxava a cadeira pra mim.

— Vocês dois. E não vou deixar a noite ir por esse caminho.

Olhei para Dante, me divertindo.

— Então, qual é o caminho da noite?

Ele se sentou.

— Vai começar com a minha apresentação de vocês.

— Pois vá em frente — atalhei de novo.

Dante se remexeu, se sentindo estranhamente fora de lugar.

— Kuroi, este é meu irmão, Matteo. Matteo, este é... ah...

— Sou o marido dele — completei, estendendo a mão pra Matteo. — Ao que parece, temos algo em comum.

— É mesmo? E o que seria? — Matteo perguntou.

— Kuroi! — Dante ralhou, já percebendo o que eu ia dizer.

Virei-me e ergui os ombros, desistindo de provocar.

— O que temos em comum? — Matteo repetiu, olhando pra mim e pra Dante.

— Eu. Eu sou o que vocês têm em comum — Dante se adiantou.

— É... acho que sim — concordou Matteo, parecendo relaxar.

Enquanto eu o observava em cada movimento, ele também me encarava. Definitivamente, era gay.

— Então você é a famosa "Viúva Negra" — disse ele, sorrindo.

Todos os meus músculos tensionaram ao ouvi-lo dizer isso. Já matei por menos.

— É verdade que todo mundo com quem você transa acaba morto? Devo me preocupar com meu irmão? — provocou Matteo.

— Do que caralho você tá falando? — Dante interveio.

— Só tô perguntando se vocês estão transando — ele explicou, sem rodeios.

— Eu sou o marido dele. O que você acha? — retruquei, diretamente.

Matteo se encostou na cadeira e riu.

— Do que você ri? Tá com inveja? — enfrentei.

— Quem sabe. O que será que esse traseiro tem de tão bom pra fazer meu irmão virar a casaca?

— Abaixa a bola, Matteo — retrucou Dante, ficando de pé, pegando a faca e encostando no pescoço dele. — Eu avisei pra tomar cuidado com o que sai da sua boca. Entendeu?

Sem entender o peso da situação, Matteo continuou rindo.

— Tá bom, entendi. Vou maneirar.

Dante não se mexia, então acrescentei:

— Acho que ele entendeu, Dante.

— Entendi, entendi — reforçou Matteo, erguendo as mãos.

Levou alguns segundos, mas Dante se acalmou. Olhei em volta e notei que as pessoas pararam de comer pra olhar.

— Ele achou que tava engasgando — expliquei a quem nos observava. — Falsa emergência. Agora, podem voltar.

Aos poucos, todos retornaram às suas refeições, e nós também relaxamos.

— Então, tô sabendo que é você o responsável pelo meu casamento com Dante — comentei, voltando à razão pela qual viera.

— Parece que vocês me devem um "obrigado" — Matteo ironizou.

— Acha que qualquer coisa entre mim e Kuroi te livra das loucuras que você fez?

— Você sabe por que fiz aquilo, Dante — Matteo se defendeu.

— Por que você fez? — perguntei, curioso.

Matteo voltou-se pra mim.

— Porque aquele desgraçado acabou com a vida da irmã de um amigo meu — explicou, se exaltando.

— Acabou como?

— Do jeito que faz a pessoa merecer morrer — esclareceu. — Achei que você entendesse disso.

— Então ele merecia?

— Ele praticamente pediu.

— E você mirou no Dante pelo mesmo motivo? Ele "pediu"?

— Que história é essa? Quem atirou em você? — Matteo perguntou ao irmão.

— Não se faça de bobo. Sabemos que foi você — cortei.

— Do que ele tá falando, Dante?

Visivelmente contrariado, Dante apoiou os cotovelos na mesa:

— Acho que o que o Kuroi quer saber é onde você estava quando fui ver o Sato. Se você me seguiu até lá.

— Seguir você pra quê? — Matteo repetiu, confuso.

— Pra tentar atirar em mim quando saí.

— Atirar em você? Por que eu tentaria te matar?

— Talvez tenha sido uma ordem — Dante sugeriu.

Matteo desviou o olhar.

— O Pa não me pediu pra te apagar — ele revelou, enfim.

Sentindo que havia mais coisa oculta, Dante insistiu:

— Então o que foi que ele pediu?

Matteo abaixou a cabeça, evitando nosso olhar.

— Você sabe que não devia ter excluído o Pa do jeito que fez. Ele não curtiu nada disso.

— O que ele te pediu, Matteo?

— Ele não me pediu nada — repetiu, sem encarar a gente.

— Fala logo, Matteo. Para de esconder.

— É que... o Pa anda me perguntando se eu administraria os negócios como você.

— O que quer dizer?

— Você conhece o Pa. Ele não gosta de mudança. Faz tudo do mesmo jeito desde sempre. Aí você chegou, revirou tudo, fez várias alterações e não deu espaço pra ele. Ele quer voltar.

— Ele quer saber de que lado você ficaria se tentasse me tirar do controle.

— Ou se você saísse de cena. Ele me perguntou como eu tocaria as coisas.

— Acha que ele planeja algo contra mim? — Dante concluiu.

Matteo fitou o irmão. — Acho que ele já começou.

— Como assim? — Dante foi direto.

— O tio Vinny tá de volta.

Dante, ao ouvir isso, recostou-se com peso na cadeira. Fiquei olhando de um pro outro, tentando entender.

— Quem é tio Vinny? — perguntei.

Matteo respondeu:

— É o irmão do nosso pai. Dizem que uma vez ele tentou assumir o negócio e meu pai o baniu. Já faz trinta anos que ele tenta voltar pros Estados Unidos e não podia.

— E você acha que, de repente, permitir a volta dele tem a ver com uma jogada contra o Dante? — confirmei.

Matteo olhou pro Dante como quem diz "Você sabe que sim".

— Por que ele mudaria de ideia depois de três décadas?

— Por que você tá me contando isso? Podia muito bem esconder — Dante questionou o irmão.

— Porque você é meu irmão. Sempre cuidou de mim. Quero que saiba que eu também cuido de você. Somos família. Nada vai nos separar, mesmo que seja a bunda mais apertada que já vi.

Dante se virou pra mim, esperando minha reação. Pela primeira vez, não sabia o que dizer.

Matteo basicamente deixou claro que eu não importava. Será que Dante pensava o mesmo? Será que valho algo além de passatempo? Talvez toda essa maquiagem e meu jeito tenham enganado ele, fazendo-o acreditar que tá com uma mulher, e logo ele perceba quem sou de verdade.

Com um garçom nervoso se aproximando, Dante preferiu não responder ao que Matteo deu a entender. Pedimos vinho, massas italianas e fingimos que nada sério tinha sido dito.

Matteo começou a falar de um tatuador em Los Angeles, mas evitava me encarar. Quando Dante saiu pro banheiro, ele se virou pra mim.

— Não sei o que você e o Sato estão planejando, mas, se você encostar um dedo no meu irmão, vou te esfolar como se faz com um bode.

— Acha que poderia me impedir se planejássemos algo?

— Prefiro resolver logo agora, aí não preciso me preocupar depois.

Por baixo da mesa, ouvi o clique do desarme da pistola.

A essa distância, eu não teria como reagir antes que ele atirasse duas vezes.

— Você acha que Dante te perdoaria por isso? — questionei.

— Dante já me perdoou por muita merda. Uma a mais, uma a menos...

Eu odiava admitir, mas ele me encurralara.

— Não sou o assassino de aluguel do meu pai. Você é?

— Talvez o Sato saiba que não precisa te pedir nada.

Infelizmente, ele estava certo. Todo homem com quem fiquei mais de uma noite morreu. Se meu pai quisesse alguém morto, era só fazer com que eu me apaixonasse. Nem precisava dar ordens: ele estaria fora do caminho.

— Se acredita nisso, atire — falei, aceitando meu destino. — Vai em frente. Faz.

— O que tá acontecendo? — Dante voltou bem nessa hora, encontrando a gente se encarando.

Matteo recolheu o braço com a arma.

— Tava apenas dando as boas-vindas pro meu cunhado.

— É? — Dante me olhou.

— Nunca me senti tão em casa — respondi, sem desviar o olhar de Matteo.

Por mais que não gostasse de assumir, o que ele disse me abalou.

— Acho que não foi ele quem atirou em você — falei com Dante, no carro, de volta pra casa.

— Também acho que não. E, se for verdade o que ele contou do tio Vinny, e ele realmente estiver de volta, temos outro problema.

— Parece que sim.

— Você tá bem, Kuroi? Desde que saí do banheiro, você não disse quase nada.

— Tô bem.

— Não parece.

— Só tô cansado.

— Cansado demais pra receber a recompensa por ter se comportado?

Olhei de soslaio e vi o sorriso safado na cara linda dele.

— Tô, sim. Quem sabe outra hora.

— Ah... Claro — murmurou Dante, se retraindo.

Eu queria explicar que deixá-lo se aproximar era péssima ideia. Eu não era confiável. Ele precisava entender. Se eu deixasse o sentimento crescer, ele morreria. Eu era a Viúva Negra. Era isso que sempre seria.

Quando estacionamos e subimos pelo elevador até nosso apartamento, não nos tocamos. Quando as portas se abriram, eu segui em direção ao quarto de hóspedes.

— Aonde você vai? — ele perguntou, me vendo atravessar a sala.

— Dormir.

— Não vai vir comigo?

— Talvez não seja bom.

— Se o Matteo te disse alguma coisa, eu juro que acabo com ele.

Virei-me, tentando acalmá-lo:

— Ele só disse verdades.

— Vou matar aquele desgraçado.

— Não, Dante. Não tem nada a ver com ele, e sim comigo. Não quero te machucar.

— Você já teve chance e não fez. Não vai me machucar.

— Você não sabe disso. E o motivo é que nem eu sei. — Fiz uma pausa, o olhando nos olhos. — Dante, eu mato pessoas.

— Mas não vai me matar.

— Eu mato as pessoas que amo. Você não quer que eu te ame. Me solta, Dante — pedi, firme.

Ele largou meus braços, e segui pro quarto de hóspedes. Assim que fechei a porta, sentei na cama, enfiei o rosto entre as mãos e chorei.

# Capítulo 10

Dante

Eu ia matar o Matteo por seja lá o que ele tivesse dito ao Kuroi. Até eu sair para o banheiro, tudo estava indo bem. Sim, eu tinha descoberto que meu pai havia convidado o irmão traidor de volta às nossas vidas para me matar. Mas o Matteo e o Kuroi estavam se dando bem.

O que o Matteo podia ter falado pra ele? Eu nunca tinha visto o Kuroi daquele jeito. Parecia outra pessoa. Eu queria o Kuroi que eu conhecia de volta.

Na esperança de que tudo que ele precisasse fosse uma boa noite de sono, segui para o meu quarto e cama. Lembrando a sensação de ter o Kuroi nos meus braços, não consegui pegar no sono. Quando amanheceu, eu tinha dormido, no máximo, três horas. E, ao voltar para a sala e encontrar a porta do quarto de hóspedes ainda fechada, eu não sabia o que fazer.

— Você está acordado? — perguntei, batendo na porta. — Kuroi?

— Que foi? — ouvi a voz dele lá dentro.
— Preciso da sua ajuda. Posso entrar?
— A casa é sua — ele disse, sem soar nada bem.

Ao entrar, vi as roupas que ele usara na noite anterior largadas no chão, enquanto os travesseiros estavam marcados de maquiagem. Eu não conhecia o Kuroi há muito tempo, mas aquilo não parecia com ele. Olhando para ele, enfiando o rosto no travesseiro, falei:

— Eu podia usar sua experiência hoje.
— O que é?
— Preciso encontrar meu tio Vinny. Se ele está na cidade, vou precisar de reforço.
— Por que não pede ao Matteo?
— Não confio no Matteo pra isso. Confio em você.
— Você não devia.
— Como você mesmo disse, você mata pessoas. E, se chegar ao ponto de precisar, eu quero alguém que não hesite por lealdade familiar.

O que eu tinha falado era verdade, não era? Tio Vinny era da família. Tanto o Matteo quanto o Lorenzo podiam hesitar se as coisas dessem errado. O Kuroi não hesitaria. Ele realmente era a única pessoa em quem eu podia confiar para me dar cobertura.

— Vamos lá, Kuroi, preciso de você.

O Kuroi se virou para me encarar.

— É sério. Você é o único em quem posso confiar nisso — falei, com sinceridade.

Ele olhou para baixo, esfregou o rosto no travesseiro e então se levantou.

— Certo. Me dá uns minutos pra eu me vestir.

Voltando para a sala, entendi o que meu novo marido quis dizer com "uns minutos". Quarenta minutos depois, ele surgiu parecendo mais ele mesmo.

— Você demorou uma eternidade — comentei, sem conseguir esconder minha irritação.

— Você queria minha ajuda, não queria? Eu precisava me montar.

Ele falou como se a pessoa que eu conhecia como Kuroi fosse apenas uma máscara que ele usava. Será que era? Quanto eu sabia sobre o Kuroi? O quanto era realmente possível saber sobre ele? Eu não o conhecia havia tanto tempo assim.

— Café? Fiz uma cafeteira cheia — ofereci, erguendo minha caneca.

O Kuroi serviu café em um copo térmico e partimos.

— E qual é o plano? — ele perguntou enquanto eu dirigia rumo ao escritório.

— Vamos nos encontrar com o Lorenzo.

— Tem certeza de que pode confiar nele?

— Se não puder, estamos ferrados. Porque ele sabe de tudo.

— Tudo? — o Kuroi perguntou, num tom sugestivo.

— Bom, tem umas coisas que ele não sabe. Mas ele sabe de muita coisa.

O Kuroi não respondeu. Eu não conseguia deduzir o que ele estava pensando, mas quanto mais a gente conversava, mais meu Kuroi reaparecia. Espera aí, desde quando eu comecei a pensar nele como "meu Kuroi"?

Mas era o que ele era, meu. E se alguém tentasse ficar entre nós, como o Matteo, ia ter que se ver comigo. Meu irmão ia ter que aprender isso. Mas primeiro, teríamos que lidar com o meu pai e a tentativa dele de se livrar de mim.

Chegando ao meu escritório mais tarde do que de costume, encontrei o Lorenzo já lá dentro. Sentado na cadeira em frente à minha mesa, ele piscou duas vezes quando me viu entrar com o Kuroi. Mantendo o olhar fixo no meu marido, perguntou:

— Como foi ontem à noite com o Matteo?

Enquanto eu me acomodava atrás da minha mesa, o Kuroi se sentou na poltrona perto da janela. Mesmo usando um terno masculino, vi os saltos dele quando apoiou os pés na mesinha de centro. Pareciam botas até a altura das coxas, que o deixavam uns bons centímetros mais alto.

— Foi instrutivo — respondi ao Lorenzo, conferindo minha agenda do dia.

— Não me deixe curioso. Foi ele quem tentou atirar em você?

— Não acho que tenha sido.

— Então quem foi?

— Você sabia que o tio Vinny estava na cidade? — perguntei, observando o Lorenzo de perto para ver se ele mentia.

— Tio Vinny? — ele repetiu, surpreso. — Desde quando?

— Não sei. Mas, se ele voltou, deve ter um motivo. Ele foi persona non grata pro Pa nossa vida inteira. Agora o Pa está puto comigo porque me casei e, de repente, o tio Vinny reaparece?

— É jogada do Pa — o Lorenzo concluiu, percebendo.

— É o que o Matteo acha.

— Então, o que você vai fazer?

— Precisamos achá-lo e descobrir por que ele está aqui.

— E se ele estiver aqui pra fazer o serviço sujo do Pa?

— A gente elimina ele.

— A gente? — o Lorenzo perguntou, empalidecendo um pouco. Por mais perigoso que fosse, o Lorenzo nunca tinha matado ninguém. E havia algo em mim que gostava disso. Ter sangue nas mãos não era um troféu. Era um mal necessário.

Se eu pudesse poupar meu irmão mais novo disso, eu pouparia. Era o mínimo que eu podia fazer. Crescendo do jeito que crescemos, certas coisas eram inevitáveis. A presa precisa saber sobreviver entre predadores. Mas presenciar a vida escapando dos olhos de alguém não era algo que o Lorenzo precisava ver.

— Eu e o Kuroi — esclareci.

— Você e o Kuroi? — ele repetiu, olhando de novo pro meu marido.

— É. Isso é assunto de família. Vou manter em família — falei, mandando uma mensagem ao Lorenzo sobre o que o Kuroi significava pra mim.

— Entendi. Então, você tem certeza mesmo de que ele está na cidade?

— Ainda não chegamos nessa parte — expliquei.

— Eu posso descobrir — o Kuroi disse, me pegando de surpresa.

— Você? Como? Você não sabe nada sobre ele — perguntei ao meu marido, mortalmente calmo.

— Não preciso. Tudo de que preciso é do nome dele. Qual é?

— Vincent Ricco.

— Me dá até o fim do dia — o Kuroi disse antes de se levantar e sair.

Quando ele se foi, o Lorenzo se voltou pra mim e abaixou a voz.

— Tem certeza de que pode confiar nele, Dante?

— Em quem, no Kuroi?

— Em quem você acha que estou falando? — ele retrucou, irritado.

Fitei-o, não gostando do tom que ele usava.

— Desculpa, Dante. Mas, sim, o Kuroi. Pensa bem. Chamam ele de Viúva Negra. Todo mundo com quem ele fica morre. Todo mundo!

— Outra coisa: não quero mais ouvir essa merda de Viúva Negra.

— Você não quer mais ouvir sobre isso? Dante, você se casou com ele e, imediatamente, quase morreu. Acha que foi coincidência?

— Você tá perguntando se eu acho que casar com o Kuroi irritou tanto o Pa a ponto de ele tentar me matar?

— Mas esse é o ponto. Vamos supor que tenha sido o Matteo quem atirou em você. Como isso aconteceu?

— Como assim?

O Lorenzo se levantou e andou pela sala, pensativo.

— Ok, você disse que quando fomos pra lá, seu plano era convencer o Sato a desistir do acordo, certo?

— Certo.

— Então, não tinha como você saber que ele planejava se casar com você naquela hora. E se você não sabia, o Pa muito menos. Então, por que ele teria mandado o Matteo seguir você com um rifle de precisão, caso você o irritasse?

— Não sei. Nosso pai é perturbado — respondi.

— Ele é perturbado. Mas qual foi o motivo pra você precisar assumir o negócio?

— Porque ele não pensa estrategicamente — percebi.

— Exato. E exigiria um raciocínio estratégico estar tantos passos à sua frente. Eu conseguiria. Talvez você também. Mas o Pa e o Matteo...?

Tive que admitir que o Lorenzo estava certo. Eu estava dando ao Pa mais crédito do que ele merecia. Sim, o Matteo podia ser o único capaz de fazer aquele disparo. Mas por que ele estaria lá pronto pra atirar?

— O que você tá sugerindo, que eu inventei que levei um tiro?

— Não tô sugerindo que você inventou nada. Mas, e se a sensação no seu pescoço não fosse o que você pensa?

— O que mais poderia ser?

— Pode ter sido um nervo comprimido. Pode ter sido uma dor fantasma. Eu sinto essas coisas o tempo todo. Do nada, algo dói, depois passa.

— Então você acha que eu imaginei tudo?

— O que eu tô dizendo é que a resposta mais óbvia costuma ser a correta. Existe só uma pessoa capaz de um tiro desses, e não havia motivo pra ele estar lá. Isso deixa o beijo da Viúva Negra como a causa mais provável do seu acidente.

— Eu disse pra parar com essa história de Viúva Negra.

— Então me dá outra explicação. Você tava lá. Ele te beijou. Em menos de cinco minutos, você se chocou contra uma árvore. O que mais poderia ter acontecido?

Virei minha atenção para a janela, sabendo que havia uma outra possibilidade.

— O que foi? — o Lorenzo perguntou, sempre perspicaz.

— Quando eu tava no hospital, a doutora — médica do Sato, diga-se de passagem — tinha uma ideia maluca do que poderia ser.

O Lorenzo inclinou a cabeça como um cachorro curioso.

— Ela sugeriu que não foi um atentado contra a minha vida. Disse que poderia ter sido... — hesitei, tentando pensar em um motivo pra não contar. Não encontrei nenhum. — ...Um ataque de pânico.

O Lorenzo me encarou, sem saber o que dizer. Eu via a cabeça dele trabalhando.

— Não — ele concluiu, com toda a confiança do mundo.

— E foi o que eu falei. Claro que não foi um ataque de pânico. Eu não tenho essa porra de ataque de pânico.

— Você não tem.

Observei a confiança inabalável dele em mim.

— Certo. Mas como você sabe disso? — perguntei, intrigado.

— Como assim, "como"? Eu te conheço.

— Você não sabe de tudo sobre mim.

— Tá falando do fato de você às vezes transar com homens?

— Cuidado com a sua boca — eu disse, voltando ao meu jeito pré-Kuroi de reagir.

— Você se casou com um homem, acho que pode admitir que já transou com outros. O quê? Acha que eu nunca fiz isso? Acha que o Matteo nunca fez?

— O quê? — perguntei, surpreso.

— Só tô dizendo que eu te conheço. Mesmo quando você acha que eu não conhecia, eu conhecia. E tô te falando: não foi ataque de pânico.

Recostei na cadeira, atordoado. Passei anos escondendo o que eu fazia. Há quanto tempo ele sabia? Quem mais sabia?

— Pra quem mais você contou? — perguntei, envergonhado.

— O quê? Sobre o que você faz no seu quarto, que não tem nada a ver com a família ou qualquer outra coisa?

— É. Você não teve problema em falar sobre o Matteo.

— Eu também falei de mim. Você não vai me perguntar sobre isso?

— O cara no corredor, naquela noite em que fui na sua casa. Ele estava saindo do seu apartamento. Por isso você tinha comida pra duas pessoas.

O Lorenzo balançou a cabeça, confirmando.

— Há quanto tempo você tá com ele?

— Não faz muito. Não chamaria de algo sério. Nosso mundo é muito pesado pra alguém que não faz ideia do que tá se metendo.

— Então você entende.

— Quer dizer que eu entendo por que você não vê que o Kuroi tá tentando te matar?

— Não. Quero dizer que você entende que não é o Kuroi. Pensa bem. O que você sente é o que ele sente. Ele não é um monstro. Eu entendo o mundo dele. Droga, eu faço parte dele. Por que ele mataria o único homem que o entende?

— Porque faz parte da natureza dele. Viúvas Negras não matam porque querem. Elas matam pra sobreviver. Vai saber, talvez ele te ame. Mas isso não vai impedi-lo de te devorar depois de obter o que precisa.

# Capítulo 11

Kuroi

Quando você não consegue sair da própria cabeça, enterre-se no trabalho. Não sei quem disse isso, então vou afirmar que é uma citação original de Kuroi.

Eu não esperava que Dante me acordasse esta manhã. Achei que estava dando a ele o que queria ao sair do quarto dele. Não era esse o nosso acordo, que eu só ficaria no quarto dele algumas vezes por semana?

Eu tinha dormido lá por duas noites seguidas. Ele não queria que eu desse um pouco de espaço para ele? Se queria, por que não foi simplesmente trabalhar hoje de manhã?

E ele praticamente me proibiu de entrar no escritório dele. E hoje de manhã me convidou para acompanhá-lo? Isso só pode ser a maneira dele de provocar a morte. Então, se acabasse morto agora, não teria sido por vontade própria?

Em vez de deixar meu cérebro privado de sono mergulhar nessa loucura, fiz o que sabia fazer de melhor.

Havia alguém que precisava ser encontrado. Eu já tinha encontrado pessoas antes. A organização do meu pai estava especialmente preparada para isso, e eu tinha acesso total a ela.

Minha primeira parada foi a mulher que a Yakuza tinha enriquecido graças aos serviços dela. A base que a organização do meu pai conseguiu estabelecer em Nova York envolvia importação de heroína. Parece perigoso e empolgante, mas na verdade é bem entediante.

Não éramos responsáveis pelo cultivo ou refino. Nem transportávamos da parte interna do Afeganistão até o aeroporto afegão. Simplesmente colocávamos a mercadoria em aviões cargueiros e cuidávamos de liberá-la na alfândega dos Estados Unidos. Depois disso, encaminhávamos para distribuidores locais que ficavam felizes em contar com nossos serviços.

Os produtores e transportadores nos viam como seus atacadistas. Já os distribuidores nos viam como o banco deles. Nós oferecíamos linhas de crédito para quem não podia pagar antecipadamente, e eles tinham um prazo definido para quitar a dívida. Em que isso era diferente de importar tapetes?

Isso significava que a organização do meu pai tinha duas especialidades: movimentar dinheiro e liberar cargas na alfândega. Tínhamos dezenas de pessoas em quem podíamos confiar para cada etapa. A pessoa com as informações de que eu precisava hoje era nossa principal especialista em alfândega.

Fosse produto ou gente, ela conseguia passar pela alfândega dos EUA. Ela não era a única pessoa nessa posição a que tínhamos acesso, mas era a melhor. Além de abrir caminho pelos pontos de verificação para o que quer que precisássemos, ela tinha acesso ao banco de dados nacional de tudo e todos que entrassem ou saíssem do país.

— Vincent Ricci — eu disse a ela, sentado à sua frente em seu escritório no aeroporto.

Eu gostava de lidar com ela. Diferentemente de tantos outros, ela não tinha medo. Disseram-me que ela cresceu nas linhas de metrô abandonadas debaixo de Nova York. Ela era uma "mole person".

Eu só podia imaginar o que ela viu na infância. Mas foi motivação suficiente para sair daquele lugar e nunca mais precisar viver assim. Pelo que meu pai descobriu, ela nem gasta o que pagamos a ela. Provavelmente apenas dorme em cima do dinheiro, por segurança.

Pra nós estava ótimo. Grandes compras eram como pessoas na posição dela acabavam sendo pegas. Que ela fizesse do dinheiro um cobertor de segurança, não importava. Só precisávamos dos resultados, e ela nos entregava.

— Saindo ou chegando? — ela perguntou, encarando-me com seus olhos vazios de pessoa subterrânea.

— Chegando. Achamos que ele já está aqui.

— Há quanto tempo?
— Não sabemos. Talvez alguns dias.

Ela concordou com a cabeça e se perdeu nos dados que piscavam na tela.

— A pesquisa vai demorar um pouco.
— Devo esperar?
— Preferia que não. Me surpreende seu pai ter autorizado sua vinda. Sua presença pode levantar perguntas.
— Apenas faça a pesquisa — exigi, sabendo que ela estava certa.

Eu chamava atenção de propósito. Também era fácil de lembrar. A última coisa que meu pai precisava era que alguém me reconhecesse como filho dele e questionasse por que eu estava ali conversando com quem eu estava.

Uma hora depois, ela perguntou:
— Vincent Ricci, chegando de Roma, Itália, há dois dias?
— Parece correto. Diz onde ele vai ficar em Nova York?

Com mais alguns toques, ela encontrou a resposta.

— Pode anotar pra mim? — pedi, recebendo por fim um pedaço de papel. — Obrigado.

Quando me levantei, ela me interrompeu.
— Meu irmão não merecia o que aconteceu com ele.

Parei e a encarei confuso.

— Seu irmão?

— Ricci — ela disse, referindo-se ao nome que anotara.

— Matteo Ricci matou meu irmão. Ele não merecia isso.

Eu não tinha feito a conexão. O irmão dela era aquele que Matteo tinha matado, arrastando-o atrás do carro em território da Yakuza.

— Não merecia mesmo — concordei.

— Disseram que ele enlouqueceu com aquela garota italiana, mas não foi ideia dele.

— Como assim?

— Alguém disse pra ele fazer isso. Ou, pelo menos, plantou a ideia na cabeça dele.

— Como você sabe disso? — perguntei, de repente intrigado.

— Ele me contou antes de... — ela parou, incapaz de admitir que o irmão estava morto. — Ele não disse quem, mas alguém contou a ele que ela gostava de algo mais bruto.

— Pelo que ouvi, ela teria que gostar de algo bem bruto.

— Meu irmão podia se exceder. Mas estou dizendo, não foi ideia dele. Ele nem sabia quem ela era até alguém cochichar no ouvido dele. Agora ele está morto. Ricci precisa pagar pelo que fez.

Será que ela sabia que meu pai tinha cobrado a dívida dos Ricci me casando com Dante? Ela devia saber. Quem na organização não sabia? Isso significava que ela estava questionando o julgamento do meu pai em relação a esse casamento ser suficiente.

— Você realmente não tem medo.

— O que me resta temer?

— Eu — eu disse, antes de sair do escritório dela e fechar a porta atrás de mim.

Tendo pego um táxi até o aeroporto, peguei outro de volta para a cidade. Fitando o endereço enquanto o carro seguia, me perguntava o que eu deveria fazer com ele.

Matteo acreditava que Vincent Ricci estava na cidade para matar Dante. Se fosse verdade, ele precisava de uma lição. Mas seria verdade mesmo? Eu não conhecia Matteo, então não sabia se o que ele dizia era confiável.

Ele apontou uma arma para mim. Se ele estava disposto a me matar para salvar o irmão, isso era um ponto a favor dele, na minha opinião. Eu teria feito o mesmo, só que Matteo não teria nem visto de onde viria.

Redirecionei o táxi para o endereço do papel, e chegamos a um bairro italiano no Bronx. Era o tipo de lugar em que eu imaginava Dante ter crescido. As ruas eram cheias de casas modestas de dois andares, com jardins do tamanho de um cartão-postal. E não faltavam escadarias onde caras usavam regatas brancas e correntes de ouro.

A casa no endereço que Vincent Ricci indicou em seu formulário de imigração parecia idêntica a todas as outras do quarteirão. Ele não mencionou com quem ficaria. Mas, se estava hospedado ali, a pessoa morava ali há algum tempo.

Poderia ser a irmã de Vincent? Dante tinha mencionado algo sobre ter uma tia? Eu não tinha certeza, mas os italianos eram conhecidos por ter famílias grandes. O pai dele devia ter mais irmãos. Dante era um entre uns cinco filhos. O mesmo devia valer pro pai deles.

Como deveria ser crescer em uma família como a de Dante? Eu não sabia muito sobre ele antes do nosso casamento, mas os Ricci eram uma família mafiosa proeminente em Nova York. Todo mundo sabia o básico: Dante era o filho mais velho e respeitado, Matteo era o psicopata, e o resto ficava longe dos holofotes.

Se fosse para ficar com algum deles, eu sempre imaginei que seria com Matteo. Mas Dante estava certo. Dez minutos sozinhos e nos mataríamos. Quase já fizemos isso.

Mas, ao olhar nos olhos de Matteo, eu sempre via um bissexual maluco me encarando. Ele seria do tipo que te imobiliza na cama e te fode até você perder a sensibilidade nas pernas. Claro, ele também poderia te matar por sugerir que ele fosse gay. Então...

Seria isso o que aconteceu com o irmão da nossa especialista em alfândega? Não duvido que tenha começado com Matteo o confrontando sobre o que aconteceu com a irmã do amigo dele. Mas ninguém chega a esse ponto com um "made man".

E ele poderia simplesmente tê-lo matado. Em vez disso, arrastou-o atrás do carro até ele morrer. Depois esfregou isso na cara do meu pai. O que mais poderia desencadear esse nível de insanidade além de pânico gay?

O que ela disse mesmo sobre alguém ter cochichado no ouvido do irmão dela? O que isso significava? Se fosse verdade, quem teria sugerido algo assim? E por quê? Teriam noção do fogo cruzado que isso desencadearia?

Enquanto eu pensava nisso, um italiano mais velho desceu os degraus do brownstone que eu observava. Era mais frágil do que eu imaginava que o tio de Dante seria. Se parecia com Lorenzo, se fosse pra comparar com alguém. E, vestido com um terno bege que não chamaria atenção de ninguém, ele pisou na calçada com um sorriso no rosto e um leve salto no passo.

Aquele era Vincent Ricci. Não tinha dúvida.

Sentindo-me satisfeito, mandei uma mensagem pra Dante no caminho de casa.

— Fui bonzinho. Acho que mereço uma recompensa hoje à noite — escrevi, com a pele arrepiada enquanto esperava uma resposta.

— Foi mesmo? Haha. Descobriu algo sobre o tio Vinny?

— Recompensa primeiro. Respostas depois.

Houve uma pausa antes de ele responder:

— O que você quer?
— Você sabe o que eu quero.

Pensei em responder com um emoji piscando, mas eu não estava na sexta série, então não o fiz. Ele, no entanto, respondeu com dois emojis: uma palmatória de couro e uma mão aberta. A mensagem que se seguiu dizia: "Escolha um".

Um calor percorreu meu corpo e meu coração disparou.

— Os dois — respondi.
— Escolha um.

Mandei pra ele um emoji de lágrima.

— Ah, você vai. Escolha um.

Meu pau ficou tão duro que chegou a doer. Como eu deveria escolher entre os dois? Eu queria tudo o que ele podia me dar.

— Você disse que se eu fosse bonzinho, poderia ter os dois — protestei.
— ESCOLHA UM — ele respondeu, me causando calafrios.
— Sim, senhor — escrevi, saindo do meu modo de garoto rebelde para um submisso obediente.

Eu ainda não sabia qual queria. A ideia da mão grande e nua dele ardendo na minha bunda me deixava fraco dos joelhos. Mas imaginar o estalo da palmatória de couro batendo na minha bunda...

Respondi com o emoji da palmatória.

— Chego em casa às 6h30. Você vai estar pronto e vai fazer o que eu mandar.

Minha cabeça girava em antecipação pelo que aconteceria. Eu chegaria em casa uma hora antes dele. Tinha tempo para me preparar. Mas como?

Correndo até o armário no quarto de hóspedes, onde eu guardava minhas roupas, revirei tudo até que uma peça se destacasse. Era uma capa longa até o chão que eu tinha comprado quando estava me sentindo particularmente dramático. Projetada para envolver completamente quem a usasse, o que poderia dizer melhor "submisso obediente" do que se vestir como um padre católico?

Decidi usá-la sem nada por baixo e aberta atrás. Restava só cuidar do meu cabelo e da maquiagem. Encarando o espelho, tudo o que eu via era o diabo. Mas isso fugia do tema. Eu precisava me parecer com um garoto de colégio católico ou algo parecido.

Faltando apenas quarenta minutos para a noite começar, tomei banho e lavei o cabelo. Foi aí que percebi: Dante nunca me vira com o meu cabelo volumoso penteado pra trás. Assim, eu parecia o que de fato sou, japonês. O que poderia ser mais obediente e submisso que isso?

Usando meu gel mais espesso, passei-o pelo cabelo até que todo cacho desaparecesse. Em seguida, apliquei rímel até que meus olhos grandes ficassem levemente puxados e os vincos das pálpebras sumissem.

Eu não estava preparado para quem vi no espelho quando terminei.

Kuroi tinha sumido. Diante de mim estava o garoto que meu pai teria tido, se não fosse pela negritude da minha mãe. Será que meu pai teria amado essa versão de mim? Será que ele teria entregue esse filho aos parceiros de negócio para ser usado e descartado?

Eu jamais saberia, porque isso nunca seria eu. Mas hoje à noite eu podia fingir. E o garoto que me fitava no espelho sentia vergonha de todas as coisas ruins que ele fez.

Ele queria ser punido. Precisava desesperadamente purificar a alma para poder voltar a ser bom. Ele queria muito ser bom.

Arrancado dos meus pensamentos pelo barulho da porta do elevador se abrindo, me virei para a porta do quarto, sentindo meu peito apertar. Não era eu quem iria lá encontrar Dante. Era Shiro. Eu sabia como Shiro pensava e agia, porque era o oposto de mim.

Largando o espelho de maquiagem, ajeitei a capa em volta de mim e me aproximei da porta fechada do quarto.

— Kuroi? — Dante chamou em um tom severo.

Respirei fundo e abri a porta.

— Kuroi não está aqui. Ele me mandou pra receber o castigo dele.

Os olhos de Dante se arregalaram ao me ver. Ele pareceu confuso, mas só por um momento.

— Você concordou com isso, porque Kuroi tem muito o que pagar? — Dante perguntou, levantando a palmatória que segurava ao lado do corpo.

Excluindo o cabo, ela media uns trinta centímetros de comprimento por quase oito de largura. Toda revestida de couro. Ao vê-la, minhas bolas formigaram. Minha respiração travou.

— Sim, senhor.

— Você vai receber o castigo dele?

— Vou receber tudo o que ele merece — Shiro respondeu, inclinando a cabeça.

Com a cabeça abaixada, eu não conseguia ver o que Dante fazia.

— Kuroi te disse pra fazer o que eu mandar?

— Sim, senhor. Tenho que fazer tudo que o senhor ordenar.

— Qual é nossa palavra de segurança?

— Cerejas.

— Fique de pé — ele ordenou.

Eu obedeci. Encontrando seus olhos, vi neles um brilho que nunca tinha visto antes. Não sabia o que pensar. Só sabia que eu queria mais daquilo.

— Onde está seu telefone?

— Meu telefone? — perguntei, pego de surpresa.

— Ou o telefone de Kuroi. Onde está?

— Está... — olhei para trás, em direção ao quarto de hóspedes, me perguntando se eu o tinha deixado no bolso da calça. — ... lá dentro.

— Pegue.

Sem entender onde ele queria chegar, fiz o que ele mandou. Dando passinhos pequenos como os monges em filmes antigos de kung fu, peguei meu telefone e voltei. Dante examinou o ambiente.

— Apoie ali na bancada da cozinha. Em pé — ele ordenou.

Seguindo as instruções, encostei o aparelho contra a fruteira, animado por ele querer gravar tudo.

— Agora, se incline para que seu rosto ocupe a tela.

— O quê?

— O que foi que você disse? — Dante questionou, irritado.

— O quê, senhor?

Ele se acalmou.

— Você me ouviu. — Repetiu devagar. — Se incline para que seu rosto ocupe a tela.

Encarei Dante, sem saber o que estava acontecendo. Meu coração batia tão forte que parecia saltar do peito. O terror se insinuou nos meus pensamentos, mas eu fiz o que ele pediu.

Com os antebraços apoiados no balcão e o estômago encostado na quina, minha capa se abriu, revelando minha bunda. Ele se posicionou atrás de mim e roçou levemente o couro na minha pele nua. Achei que ele fosse me atacar quando ele disse:

— Agora, faça uma chamada de vídeo com sua irmã — falou em um tom grave e sombrio.

Fiquei pasmo. Ele não podia estar falando sério. Eu não era Kuroi. Eu era Shiro. E Yuki não sabia nada sobre esse meu lado. Ela era ingênua e inocente. Eu não podia ligar pra ela assim.

— Eu disse pra ligar pra irmã de Kuroi! Você sabe o número, certo?

— Sim, senhor — respondi, constrangido por Shiro.

— Kuroi te disse pra fazer o que eu mandar, não foi?

— Sim, senhor.

— Então faça o que estou dizendo e ligue agora pra Yuki.

Eu não fazia ideia do que estava acontecendo, mas obedeci. Estiquei o braço, liguei pra Yuki e rezei para que ela não atendesse.

— Alô? — ela disse, arregalando os olhos ao ver Shiro preenchendo a tela.

— Olá, meu nome é Shiro e me disseram para ligar pra você.

Assim que falei isso, senti a palmatória atingir minha bunda nua mais forte do que eu jamais imaginei. O som foi ensurdecedor. Ao ouvi-lo, Yuki reagiu horrorizada.

Eu estava estarrecido com o que acontecia. Estava constrangido. Em todos os anos em que brinquei desse tipo de jogo, nunca tinha passado por nada assim.

Mas, antes que eu pudesse reagir, senti a palmatória mais uma vez.

Ouvindo a segunda batida, dessa vez Yuki estava calma. Seu estoicismo voltara.

— Está sendo disciplinado, Shiro? — ela perguntou como se estivesse me perguntando o que eu tinha tomado no café da manhã.

— Sim, senhora. Estou.

Dante continuou, mais uma vez. A ardência foi tão intensa que minhas pernas tremeram. Ainda assim, meu rosto não saiu da tela.

— Está aprendendo a se submeter aos seus superiores? — ela perguntou em um tom mais duro.

— Sim, senhora. Estou.

Mais uma pancada.

— Não feche os olhos. Olhe para mim — ela ordenou, como se fizesse parte de tudo.

Eu obedeci.

— Ótimo. Agora, você vai ser obediente...

Outra pancada.

— ... Vai ser submisso...

Outra pancada.

— ... E vai fazer o que mandarem.

Mais uma pancada.

— Sim, senhora.

— Não deixe que isso precise acontecer de novo — ela disse, encerrando a chamada.

Assim que ela desligou, Dante se inclinou sobre mim, pressionando seu corpo ainda vestido contra o meu. Sentindo o pau dele, grande e duro, encostado no meu quadril, e a palmatória repousando na parte de trás da minha perna, ele sussurrou no meu ouvido:

— Você vai ser meu bom garoto, não vai?

O timbre grave da voz dele me causou arrepios. Eu deveria estar com raiva dele. Ele me humilhou na frente da minha irmã. Mas tudo o que eu conseguia era ansiar pelo pau dele na minha bunda.

— Sim, senhor! — gemi.

— Diga mais alto.

— Sim, senhor! Vou ser um bom garoto a partir de agora!

Eu ouvi os dentes dele arranharem o lábio inferior.

— Esse é meu garoto — ele respondeu, antes de estapear a parte de trás da minha coxa com o couro. Enquanto minha cabeça se jogava para trás em agonia, ele desabotoou a calça, puxou seu pau monstruoso, encontrou meu buraco e me fodeu.

Como na escolha de quem ligar, ele foi impiedoso. Me arremessando contra o balcão enquanto me penetrava, sussurrou no meu ouvido:

— Você é tão lindo. É a coisa mais gostosa que já vi. Eu te quero. Quero cada pedacinho de você. Você é perfeito. Eu nunca encontraria alguém melhor.

Era demais. Tudo era demais. Arrancado deste mundo, fui arremessado em outro. Nele existíamos apenas eu e ele. Humilhação, dor, amor, tudo se tornava objetos físicos que atravessavam meu corpo. Passando de uma emoção para outra, meu pau latejante vibrou pela última vez antes de eu gritar e gozar.

Ao me ouvir, Dante agarrou meu cabelo. Forçando minhas pernas a se abrirem, ele se abaixou e realmente se soltou. Eu era um boneco de pano nas mãos dele. Pressionado contra o balcão, não tinha como fugir. E quando ele abriu um buraco do tamanho de um homem em mim, e eu já não aguentava mais, ele rugiu e me encheu com o sêmen dele.

O aperto que ele mantinha no meu cabelo era a única coisa que ainda me mantinha de pé. Ao me soltar e cair em um torpor de exaustão, Dante desabou sobre mim. Sem sustento, derreti sobre o balcão. A respiração pesada de Dante me envolvia. Tinha o cheiro do beijo dele.

Não demorou muito e Dante enfiou a mão por baixo do meu peito, querendo me envolver com os braços. Eu também queria, mas não tinha mais força. Eu estava fodido demais pra me mexer.

Satisfeito em apenas senti-lo sobre mim, eu não precisava de mais nada. Assim que ele recuperou o fôlego, ficou de pé, me ergueu nos braços e me levou até a cama dele. Com a cabeça apoiada no ombro dele, vi minha capa se arrastar atrás de nós. Colocado no colchão, fui rapidamente despido.

Ainda fodido demais pra me mexer, observei enquanto Dante se despia. O peito tatuado dele se contraía a cada movimento. O abdômen era definido como um tanque.

Abaixando a calça desabotoada, em seguida ele removeu a cueca. Embora não estivesse duro, o pau dele ainda estava bem cheio. Seria o tamanho perfeito pra chupar. Esse eu conseguiria engolir inteiro. Mas não teria a chance de fazê-lo, porque, assim que ele ficou nu, subiu na cama ao meu lado e me puxou para seus braços.

Não sei por quê, mas foi nesse momento que tudo o que tinha acontecido liberou algo dentro de mim. Enquanto ele me aconchegava com cuidado, de repente comecei a chorar. Não era eu chorando, claro. Era Shiro. Eu não sentia nada disso. Normalmente, eu não sentia nada.

Mas, ao que parece, Shiro era um fracote. Ele era tudo o que eu não era. E, enquanto ele soluçava pateticamente, Dante o segurava com firmeza. Com a mão grande apoiada na minha nuca, ele me afundou contra seu peito.

Por que Shiro era a única versão de mim que meu pai poderia amar? O que havia em Kuroi que era tão fácil de passar de mão em mão? Essas eram perguntas só minhas, mas Shiro chorava sobre isso. Tão patético.

Graças a Deus eu não era assim. Que vergonha seria se eu fosse?

    Dante continuou segurando Shiro até ele não conseguir mais chorar. Só quando aquele surto de fogo se acalmou é que consegui relaxar. Ouvindo as batidas fortes do coração do meu marido, me senti seguro. E, aninhado nos braços fortes dele, adormeci aos poucos.

# Capítulo 12

Dante

Que porra eu tinha feito? Será que eu tinha quebrado o Kuroi? O homem com quem me casei não chorava. Ele mal demonstrava emoções. Era como se fosse outra pessoa.
Ele se chamou de Shiro. Achei que estivesse apenas encenando. Por isso entrei no jogo.
E ele conhecia a palavra de segurança. Fiz questão disso. Ele poderia ter parado o que eu estava fazendo a qualquer momento. Então, por que não parou? Bem quando eu achei que o entendia e conseguia prever suas reações, ele faz isso.
Claro que, em cem anos, eu jamais imaginaria que o faria fazer o que fez na noite passada. Mas fiz. Não sei o que deu em mim.
Minha intenção era só fazê-lo se debruçar sobre meu joelho e dar umas palmadas nele. ...Ok, isso não é totalmente verdade. Desde o momento em que ele pediu, decidi improvisar na hora. Então, me lembrei da Yuki me

dizendo que o Kuroi precisava de uma mão firme. Preciso ser honesto: ouvi-la dizer isso me irritou pra caralho. Não sei dizer exatamente o porquê. Eu pedi conselhos a ela; ela me deu. Mas foi o jeito que ela falou. Parecia que ela era a grande imperatriz e eu, um ignorante. Como se eu não fosse digno do Kuroi ou algo do tipo.

Então, com o Kuroi parado na minha frente, daquele jeito, a ideia simplesmente surgiu. E eu não tinha pensado em como a Yuki reagiria ao ver o Kuroi vestido daquele jeito, mas com certeza não imaginei que ela reagiria como reagiu.

Era como se nós dois estivéssemos trabalhando juntos. Só que eu não podia apoiar nada do que ela dizia sobre o Kuroi precisar lembrar qual era o lugar dele. O Kuroi sabia muito bem o lugar dele. Era ao meu lado, sendo o rei que ele é.

Ainda assim, ouvindo tudo o que ela dizia, eu simplesmente entrei na onda. Eu estava excitado demais pra parar. Deve ter doído no Kuroi, certo? É por isso que, depois de levá-lo pra minha cama, ele desabou em lágrimas. Então, por que não usou a palavra de segurança? Será que tinha esquecido?

— Bom dia — Kuroi me disse com um sorriso.

— Bom dia — respondi, sem ter dormido nem um minuto.

— Vou ter que te algemar hoje? — ele perguntou, parecendo descansado e tranquilo.

— Você não precisa de algemas, porque eu nunca vou te deixar ir embora.

Kuroi me encarou por um instante e então se inclinou pra me beijar. Relaxando no travesseiro, ele ficou me observando.

— Sobre a noite passada... — comecei.

— Não vamos falar sobre a noite passada — ele disse, ainda sorrindo contente.

Mas a gente precisava falar, não precisava? Nunca fui desses de ficar discutindo relação, mas se algum dia precisássemos falar sobre algo, seria sobre o que aconteceu ontem.

— Só quero ter certeza. Você se lembra da nossa palavra de segurança, né?

O sorriso do Kuroi se alargou, divertido. Ele estendeu a mão e tocou meu rosto, me tranquilizando.

— Sim, eu lembro da palavra de segurança.

— Só conferindo — eu disse, sem me sentir muito melhor, mas sabendo que não ultrapassei um limite proibido.

Tranquilizado, senti a tensão nos meus ombros se desfazer. O corpo todo relaxou. Com isso veio a onda de exaustão por ter ficado acordado a noite inteira. Minhas pálpebras pesaram. E, bem quando eu ia deixar o sono me vencer, Kuroi disse:

— Ah, eu não tive a chance de te contar por que mereci um agrado ontem à noite.

— Não contou mesmo — respondi, sem forças pra abrir

os olhos de novo.

— Eu encontrei seu tio.

— Eu imaginei. Onde ele tá?

— Amarrado num galpão no Bronx.

Meus olhos se abriram na hora.

— O quê?

— Imaginei que você fosse querer conversar com ele, então achei que seria mais fácil assim — Kuroi disse, satisfeito consigo mesmo.

— Isso é... Eu não... — balbuciei, sem saber o que dizer. — Por que você fez isso?

— Porque ele pode estar aqui pra te matar. E não dá pra te matar se ele estiver amarrado num galpão.

— Ele tá lá a noite inteira? — perguntei, totalmente desperto, sentando na cama.

— Não era minha intenção deixá-lo lá. Mas acabei me distraindo com... o que foi mesmo? Ah, sim, seu pau dentro da minha bunda — ele disse, divertido.

Levantei da cama num pulo pra me arrumar e falei:

— Você tem que me levar até ele.

— Ele passou a noite toda lá. Se ele precisou fazer xixi, deve ter se mijado. O que é mais uma hora na cama?

— Isso não é brincadeira, Kuroi. Você precisa me levar até ele agora.

— Você é sem graça — meu marido disse, cedendo a contragosto.

Já vestido, não deixei o Kuroi seguir a rotina de escolher roupa e fazer maquiagem como de costume. Mesmo assim, ele conseguiu ficar estiloso e absurdamente bonito. O Matteo se achava um gato. Mas era o Kuroi que parecia ter saído direto de uma passarela.

— O que tá esperando? Vamos — ele me disse, entrando na sala como se fosse ele quem estivesse me apressando.

Entramos no meu carro e dirigimos pra fora da cidade, rumo ao Bronx.

— Meu pai tem galpões em todos os distritos — ele explicou.

— Pra guardar a mercadoria?

— Funcionam mais como centros de distribuição. Ele tem alguns e vai revezando antes de vender tudo. Esse aqui tá vazio.

Isso me contou muita coisa sobre a organização do Sato. Se algum dia a gente acabasse em guerra, agora eu sabia como atingir ele. Não sei se o Kuroi pretendia me dar essa informação, mas de qualquer forma eu não usaria nada que o prejudicasse.

Chegando ao galpão, entendi como o Sato podia usá-lo pra distribuição. A única entrada era por um beco. E, por trás de um portão e um pequeno pátio, o lugar era bem fácil de proteger.

— O que você disse pra ele quando o pegou?

— Você acha que eu tenho capangas? Eu não o "peguei". Convenci ele a vir comigo.

— Como fez isso?
— Descobri que você e seu tio têm o mesmo gosto pra homem.
— Você transou com ele? — perguntei, meu sangue já começando a ferver.
— Tá maluco?
— Como vou saber o que você quis dizer com isso?
— Você deveria saber que eu não vou transar com seu tio, o homem que talvez tenha vindo te matar.
— Ainda bem que sabe disso.
— Que porra é essa, Dante? Eu fiz algo bom pra você.
Eu me acalmei.
— Você tem razão. O que você fez foi bom. Eu só... eu só não consigo pensar em você com outra pessoa. Juro por Deus, se qualquer coisa que a Yuki me contou sobre seu passado for verdade, eu mataria cada desgraçado que encostou em você.
Kuroi me olhou, paralisado.
— Por que tá me olhando assim?
— O que a Yuki te contou sobre minha infância?
— Ela não me contou nada da sua infância. O que ela me disse foi uma história muito estranha sobre você ser um tipo de aprendiz japonês ou sei lá.
— Um kagema — Kuroi disse, baixando o olhar. — E você não acreditou nela?
— Ah, qual é, não tinha como ela estar falando sério. Quer dizer, o Sato é um babaca, mas você é filho dele.
Kuroi desviou o olhar para o chão.

Eu estava dirigindo, mas ver a expressão dele roubou toda a minha atenção.

— Espera, isso tem a ver com por que você chorou ontem à noite?

— Eu disse que não quero falar sobre o que aconteceu ontem.

Senti meu sangue começar a ferver de novo. Precisei encostar o carro.

— É logo ali — Kuroi disse, apontando.

— Não tô nem aí pra onde é. — Desliguei o motor e me virei pra ele. — Olha, me desculpa pelo que fiz ontem. A verdade é que, depois das nossas primeiras noites, eu fui falar com a sua irmã pra saber como lidar com você.

— Como lidar comigo? O que eu sou, um cachorro?

— Não! Você esqueceu o que fez comigo? Você me esfaqueou na noite em que se mudou pra minha casa. Na noite seguinte, tacou uma porcaria de um pirex em mim. O Lorenzo teve que me dar pontos. Eu quase morri de tanto sangrar indo até ele. Então, é, eu precisava de ajuda pra não acabar morto.

Aquilo calou o Kuroi.

Percebendo que eu talvez tivesse pesado a mão, peguei a mão dele.

— Mas não era bem isso que eu queria dizer. Eu fui até a Yuki porque ela te conhecia melhor do que eu. Mas o que ela me contou foi inacreditável. Ela disse que o Sato fez você virar...

— Kagema — ele repetiu, ainda sem me encarar.

— Isso aí. E que o Sato entregou você pra alguém, tipo um garoto de programa alugado?

— Garoto de programa? Não, é diferente disso.

— Não deveria ser nada parecido com isso. Me diz que isso é uma das suas fantasias malucas. Ou me diz qualquer coisa. Mas, se me disser que é verdade...

— É verdade — ele disse, me encarando.

Senti o fogo tomar conta do meu corpo, queimando minha pele. Eu estava prestes a explodir. Eu mataria cada homem que encostou nele. Depois mataria o Sato. Cortaria os dedos dele um por um e o faria engolir.

— Me leva até ele — exigi.

— Quem? Seu tio?

— Que se foda meu tio. O homem pra quem o Sato te entregou.

— Ele tá morto.

Tentei me controlar pra respirar.

— Então me leva até o próximo.

— Também tá morto. Todos estão mortos.

— Foi você que matou? Tinha que matar mesmo.

— Não me lembro de ter feito isso. Não lembro de matar nenhum deles.

— Como assim não se lembra?

— Eles morreram de ataque cardíaco. Todos eles. Eu sou o veneno.

A dor na voz do Kuroi me trouxe de volta.

— Do que você tá falando?
— Eu sou o veneno que matou todos eles. Qualquer um que dorme comigo morre. Você vai morrer.
— Como é que eu vou morrer?
— Não sei — ele disse, se desmanchando em arrependimento.

Segurei a mão do Kuroi.
— Escuta, Kuroi. Você não vai me machucar.
— Você não sabe disso.
— Sei, sim. Você não é veneno. Você é tudo que eu sonhei. Eu vou fazer de tudo pra te proteger, e você vai fazer de tudo pra me proteger.
— E se eu não conseguir te proteger de mim mesmo?
— Eu não quero que você me proteja de quem você é. Quero tudo de você. Quero tudo mesmo. Você não vai me espantar. Eu tô aqui e sou seu marido. E sei que vou ficar vivo pra sempre porque confio que você vai garantir isso. Pode contar comigo pra te amparar, e eu sei que posso contar com você do meu lado.

Kuroi não respondeu. Não precisava. Eu sabia que o que eu disse era verdade, e não havia nada que ele pudesse falar pra me convencer do contrário.

Mas, por mais que eu tivesse me acalmado, ainda estava furioso. O Sato ia morrer pelo que fez ao Kuroi. Eu arrancaria a cabeça dele com minhas mãos. E faria o mesmo com quem tentasse me impedir. Mas, primeiro:
— Onde tá meu tio?
— É naquela porta ali — ele disse, apontando para o

portão e a porta do galpão.

— Me mostra — ordenei, antes de sairmos do carro. Ele foi na frente.

Abrindo a porta do galpão, vimos que estava completamente vazio, exceto por uma única coisa. Bem no centro havia uma cadeira. Nela, um homem que eu não reconheci. Assim que a porta se abriu, ele levantou a cabeça e gemeu. Além de estar amarrado à cadeira e amordaçado, ele também estava vendado.

Olhei pro Kuroi, que me encarou sem expressão. Fiz sinal pra ele pegar um copo d'água. Ele pensou um pouco e saiu. Antes de eu me aproximar da cadeira, Kuroi voltou com um copo. Seguindo meus passos, ele ficou logo atrás de mim. Parei em frente ao homem e olhei pra ele de cima.

Apesar de eu nunca tê-lo visto, ele tinha cara de Ricci. Lembrava mais o Lorenzo do que a mim ou ao Matteo. Mas a semelhança de família era evidente.

Sentindo minha presença, seus gemidos abafados viraram balbucio.

— Vou tirar a mordaça da sua boca. Você vai me fazer me arrepender?

Ele se acalmou e balançou a cabeça em negativa.

Com cuidado, eu soltei a mordaça dele.

— Gratsi. Gratsi. Obrigado — ele disse, com um forte sotaque italiano.

— Agora, eu tenho água pra você. Mas antes precisa responder algumas perguntas. Entendeu?

— Entendi, sim.
— E vai ser honesto comigo?
— Vou dizer a verdade. O que você precisar.

Virei pra encarar o Kuroi, que ainda segurava o copo sem demonstrar sentimento algum.

— Qual é seu nome?
— Eu não sou ninguém. Tô só visitando família. Vocês pegaram a pessoa errada.
— Você é Vincent Ricci?

Ele congelou ao ouvir o nome.

— Perguntei se seu nome é Vincent Ricci.
— Não sei o que vocês querem comigo. Eu não fiz mal a ninguém. Tô só visitando a família.

Interpretei isso como um "sim".

— Você foi autorizado a voltar pro país em troca de um serviço?
— Não tô aqui pra nada. Já falei. Tô só visitando a família.

Me aproximei e cerrei o punho, acertando-o com força no maxilar. O velho balançou, quase apagando. Eu precisava ter cuidado pra não matá-lo sem querer, porque eu ainda estava furioso com o que o Kuroi tinha me contado. Dei uns tapinhas do outro lado do rosto dele pra fazê-lo recobrar a consciência.

— Eu disse que você tem que ser honesto comigo. Vai ser honesto agora?
— Sim. Sim, vou.
— Então, você pôde voltar pro país se fizesse um

trabalho, não foi?

— Sim. Meu irmão precisava que eu fizesse um serviço.

— Seu irmão disse que você poderia voltar pro país se cuidasse do filho dele. É isso? Do Dante Ricci?

Ele parou de novo, tentando descobrir quem eu era.

— É isso que ele queria que eu fizesse. Mas eu não ia fazer.

— O que ia fazer então? Ia avisá-lo?

— Sim, eu ia avisá-lo.

— Ia encontrar o Dante e contar que seu pai te mandou matá-lo?

— Eu jamais poderia machucar ele. Ele é meu sobrinho.

— E o que você ia fazer, então? Ia se oferecer pra ajudá-lo a matar seu pai?

Ele congelou de novo, confuso.

— Não. Eu não faria isso.

— Então o que você ia fazer, hein?

— Quem é você? É o Dante? Matteo? Você é o Matteo?

Olhei para o Kuroi.

— Isso, eu sou o Matteo. E você ia trair o papai, não ia? Depois de ele te deixar voltar, você ia correr pro meu irmão bundão pra contar por que veio, não ia? — falei num tom cada vez mais agressivo.

— Eu juro que não ia fazer isso.

— Então por que não concluiu o trabalho?

— Você deveria me entregar a arma. Eu estava onde mandaram eu ficar. Você não apareceu. Esperei por uma hora. Achei que não vinha mais. Se me der a arma, eu faço o serviço.

— E você teria coragem de fazer isso com a família? — falei, sentido o ódio crescer de novo.

— Seu pai disse que aquele viado tá transando com o filho do inimigo dele. Isso não é família. Família não faz isso. É uma desgraça. Uma vergonha! — ele gritou. — Me dá a arma e eu resolvo isso, como seu pai pediu. Me solta e me dá a arma.

Olhei de novo pro Kuroi. Seus olhos refletiam o que eu sentia. Eu já sabia o que fazer a seguir.

Talvez eu devesse estar nervoso por ir ao jantar de domingo na casa dos meus pais. Afinal, meu pai tinha mandado o irmão dele me matar. Mas eu não estava nem um pouco. E não importava que esse seria o primeiro encontro do meu pai com meu novo marido.

Não sabia como o papai reagiria ao conhecê-lo. Vestido do jeito que o Kuroi estava, não acho que ele fosse receber isso muito bem. Ele usava um macacão parecido com o que vestiu no jantar com o Matteo, mas não era o mesmo — esse era azul-escuro, sem bordados, e tinha mangas.

Ele também não estava usando muita maquiagem. Ou pelo menos não parecia. Demorou séculos pra se arrumar, então talvez ele tivesse feito um look "invisível", sei lá. De qualquer forma, eu não conseguia parar de espiar meu marido enquanto dirigia.

— Já te falei como você tá lindo? — perguntei, esticando o braço pra segurar a mão dele.
— Você ainda não disse — ele respondeu com um sorriso de canto.
— Você tá lindo — eu disse, levando a mão dele aos meus lábios e beijando-a.
— Obrigado — ele sorriu. — Tô nervoso.
Olhei pra ele, sem entender.
— Por que você estaria nervoso?
— Quero que sua mãe goste de mim.
— Não se preocupe, ela vai gostar.
— Ela sabe sobre mim?
— Todo mundo sabe sobre você. Todos sabem que me casei com você.
— Mas... digo, ela sabe de nós dois? — ele perguntou, apertando minha mão.

Ele queria saber se minha mãe sabia que eu estava me apaixonando pelo homem com quem casei. Pra isso ser verdade, ela teria que saber que eu curto homens.

— Ela não sabe o que eu sinto por você — admiti.
— E o que você sente?
— O quê? Vai me obrigar a dizer em voz alta?
— Eu não vou te obrigar a nada — ele disse, desviando o olhar.

Eu não queria que ele pensasse que eu não sentia nada. Muito pelo contrário, eu tava completamente envolvido. Eu nem sabia que era possível estar tão feliz com alguém como eu estava com o Kuroi. Eu me sentia vivo ao lado dele. Ficar com Kuroi me dava propósito.

Meu objetivo neste mundo era protegê-lo. Não que ele precisasse de tanta proteção, já que ele sabia se virar muito bem. Mas, apesar de ser mortalmente perigoso, ele não parecia ter qualquer defesa quando se tratava da família.

Eu não gostei do que a Yuki disse pra ele naquela chamada de vídeo. Engraçado que, depois daquilo, ele passou a andar como se tivesse menos peso nos ombros. Não sei explicar. Mas, se eu pudesse voltar atrás, eu não teria feito o que fiz.

E ainda tem o Sato. O Kuroi me contou quantas vezes o pai o entregou pra alguém em troca de um acordo melhor. Foram três vezes. E eu fui a quarta.

Na primeira, o Kuroi era só uma criança. Não tinha escolha. Nas outras duas, ele já não era tão novo. Ele poderia ter se recusado. E com certeza poderia ter dito não a se casar comigo. Mas não disse. Ele foi em frente sem sequer lutar.

O Sato tinha algum tipo de domínio sobre ele. O que mais ele seria capaz de fazer se o Sato pedisse? Será que conseguiria recusar se quisesse?

Minha nova missão de vida era protegê-lo disso. Sato ia morrer pelo que fez com ele.

— Eu amo você — falei, encarando o para-brisa, com minha mão envolvendo a dele.

Quando ele não respondeu com o mesmo, olhei de lado. Ele parecia conflituoso. Tudo bem. Amar ele não significava que ele fosse obrigado a dizer o mesmo.

— Eu sempre estarei do seu lado, ouviu? A partir de agora, você vem em primeiro lugar. Você é minha família. Quero que você saiba disso.

Me encostei no banco, satisfeito por ter dito. Pra mim, bastava que ele soubesse. Então encontrei uma vaga na rua dos meus pais, estacionei e desliguei o carro.

— Tá pronto pra isso? — perguntei, apertando a mão dele uma última vez.

— Se você estiver — ele respondeu, retribuindo o aperto.

Saí do carro e esperei o Kuroi pegar nossa contribuição pro jantar no porta-malas. Com a caixa na mão, subi a escadaria do sobrado onde cresci.

Bati e entrei. A primeira pessoa que vi foi o Lorenzo.

— Vocês tão atrasados — ele reclamou, claramente já no segundo copo de bourbon.

— Não dá pra apressar a perfeição — respondi, levantando as sobrancelhas, também querendo dizer que eu mesmo estava impaciente.

— Eu não queria estar aqui — Lorenzo me lembrou.

— Eu sei. Obrigado por vir. É uma ocasião importante pra nossa família, e era essencial você estar aqui.

Segurei o Lorenzo pela nuca, olhei nos olhos dele e beijei sua bochecha.

— Obrigado — falei, soltando-o em seguida.

Quando o Kuroi entrou atrás de mim, segurando a caixa, o Lorenzo o cumprimentou com um aceno de cabeça. Kuroi retribuiu da mesma forma. Vi então o olhar do Kuroi se desviar para o Matteo, que o encarava. Ainda havia tensão entre eles, e eu precisava ficar do lado do meu marido, fosse qual fosse a treta. Mas o Matteo já tinha demonstrado lealdade ao não comparecer para entregar a arma ao tio Vinny.

— Matteo — chamei, puxando-o pela nuca e aproximando-o. — Quero que acabe agora qualquer problema que você tenha com o Kuroi. Entendeu? Ele é meu marido. Você é meu irmão. Não me faça escolher. Porque ele é da família também.

— Entendi — Matteo disse, antes de eu beijá-lo e soltá-lo.

Observei enquanto ele se aproximava do Kuroi.

— Kuroi — Matteo disse.

— Matteo — Kuroi respondeu, olhando pra ele como se fosse uma cobra pronta pra atacar.

— Quer que eu leve isso? — Matteo ofereceu, referindo-se à caixa nos braços do Kuroi.

— Deixa comigo — interrompi, querendo entregar eu mesmo.

Depois do Matteo, apresentei o Kuroi ao Giovanni e ao Marco, e então segui pra cozinha pra encontrar a Ma. Vestindo seu avental branco e azul com estampa de passarinhos, ela estava montando as travessas. Sem se virar, ela disse:

— Falaram que você é o responsável por o Lorenzo estar aqui hoje?
— Pedi pra ele vir, Ma. Posso te apresentar alguém?
Ela se virou e viu o Kuroi parado na porta, atrás de mim. Parou e o encarou.
— Quero que conheça meu marido, Kuroi.
Os olhos dela saltaram na minha direção, sem saber o que dizer. Percebi que precisava dar mais contexto:
— Foi um casamento arranjado pra unir nossas famílias depois do que o Matteo fez... — eu me corrigi a tempo, porque a Ma não sabe dos nossos negócios. — Mas não importa o motivo. O Kuroi é meu marido agora — falei, puxando-o pra perto e envolvendo-o com o braço. — E eu tô feliz.
Foi quando a Ma sorriu e se aproximou dele. Ela ergueu os braços num gesto animado, tentando abraçar o Kuroi, mas a caixa atrapalhou.
— O que é isso? — ela perguntou, referindo-se à caixa.
— É surpresa, Ma.
— Então, por que não ajuda ele com isso? — ela sugeriu, tentando tirar a caixa do Kuroi.
— Eu cuido disso — falei, pegando a caixa das mãos dele. A Ma então o abraçou.
— É sempre uma bênção ganhar mais um filho.
Ela se virou pra mim.

— Não pense que isso te livra da obrigação de me dar um neto.

O olhar do Kuroi disparou pra mim.

— Uma coisa de cada vez, Ma.

— Isso mesmo, devagar — ela concordou. — Agora sentem, sentem. Seu pai já vai descer. Vou pôr mais um prato na mesa.

Enquanto todo mundo se reunia na sala de jantar, eu me sentei na ponta oposta da mesa e coloquei a caixa sobre a mesinha ao lado. Quando todos se ajeitaram, o Pa desceu a escada como um imperador. Não consegui dizer se ele estava surpreso ou decepcionado por me ver ali. De qualquer forma, o encarei friamente.

Os olhos dele passaram rapidamente pelo Kuroi antes de desviar. Pa não gostava do Kuroi. Pelo pai que ele tinha, é compreensível pensar que talvez nunca gostasse.

Isso não importava. Ele não precisava gostar do Kuroi, mas com certeza teria que respeitá-lo como o homem casado com o chefe da família.

Pa se sentou sem dizer nada, enquanto a Ma terminava de trazer a comida pra mesa. Quando ela se sentou e se preparou pra iniciar a prece, levantei-me.

— Se ninguém se importar, quero dizer algo antes de começarmos, porque temos um convidado especial hoje.

Todo mundo se virou pro Kuroi.

— Eu sei que só alguns de vocês já o conhecem. O resto ouviu falar dele. Mas todos podem agradecer ao Pa por ele estar aqui hoje. É isso mesmo. Foi o Pa que o convidou.

Todos viraram pro Pa.

— Eu nunca convidei essa sua vergonha pra minha casa — ele cuspiu.

Me voltei pra ele.

— Antes de tudo, é bom segurar essa porra dessa língua antes que eu arranque ela fora.

— Dante! — Ma disse, horrorizada.

— Dante, você não pode falar com o Pa desse jeito — Matteo tentou me repreender.

— Eu não posso falar com o Pa assim, é? E vocês acham que podem falar comigo assim? Quer ver o que acontece se continuar falando? — eu disse, prestes a explodir.

Matteo recuou. Continuei:

— Talvez vocês pensem que tô falando do Kuroi. Embora seja uma ocasião especial ter meu marido aqui com a família pela primeira vez, não é disso que tô falando. De quem tô falando é...

Me virei, peguei a caixa, desatei o laço que a prendia e tirei a tampa.

— ...do tio Vinny.

O Pa olhou nos olhos da cabeça do irmão e levou um susto, se atirando pra trás na cadeira. Todo mundo reagiu do mesmo jeito, menos o Kuroi, que calmamente comeu um pãozinho — o que era bem fora de etiqueta, já que a gente não come antes da prece. Mas ele era novato na família, então deixei passar.

— Mas que porra, Dante? — Lorenzo disse, se afastando da mesa.

— Ei, não me agradece por o tio Vinny estar aqui. Agradeçam ao Pa. Não é verdade? Porque, depois de anos banido, o Pa ofereceu um acordo pro tio Vinny. Ele poderia voltar se fizesse uma coisa pro Pa: me matar.

Todos se espantaram.

— Não finja surpresa, Matteo. Eu sei que você tava envolvido nisso.

— Juro, Dante, eu nunca teria coragem de fazer isso. Eu jamais trairia você desse jeito! — ele disse, aterrorizado.

— Não sei se acredito. Mas de fato você não fez, e é isso que importa. É por isso que a sua cabeça não tá ao lado da dele na caixa. Entendeu, Matteo?

Ele não respondeu, então repeti mais firme:

— Eu perguntei se entendeu.

— Entendi, Dante. Entendi.

— Ótimo.

Me virei pro Pa e dei a volta na mesa até chegar perto dele, que continuava sentado, os olhos indo da cabeça do irmão pra mim.

— Agora a questão é: o que eu faço com você, Pa? Você contratou alguém pra me matar. E por quê? Porque me casei com alguém que, provavelmente, vai ser o amor da minha vida.

Me inclinei mais perto, olhando ele nos olhos.

— Se você não consegue aceitar isso, talvez eu devesse acabar com seu sofrimento agora. Porque nem eu nem ele vamos a lugar nenhum. Você prefere isso, Pa? Quer que eu acabe com seu sofrimento?

A boca do Pa se mexia, mas sem som.

— Que foi? Fala mais alto. Todo mundo precisa ouvir.

— Eu posso aceitar — ele disse, praticamente se borrando.

— E não tá só falando isso pra salvar o próprio pescoço, né? Porque eu me lembro do que você me ensinou a fazer com mentirosos.

— É a verdade — ele repetiu, ainda em choque.

Assenti, satisfeito.

— Bom. Bom. Então tá resolvido. Bora comer, pessoal. Vamos aproveitar o delicioso jantar de domingo da Ma.

Todo mundo continuava me olhando sem se mexer. Só depois que me sentei de volta, o Lorenzo falou:

— Dante, não dá pra gente comer com essa... coisa aqui — ele gesticulou pra cabeça.

— Lorenzo, esse é seu tio Vinny. Senta a porra da bunda e mostra algum respeito! — eu disse, sentindo a raiva subir de novo.

— Dante, olha a Ma — Matteo chamou, apontando pra nossa mãe, que estava pálida como um fantasma.

— Eu não convidei o tio Vinny pra cá. Se vocês têm

problema, falem com o Pa. Agora todo mundo senta a porra da bunda e come!

Quando se sentaram de novo, eu mesmo fiz a prece da família. Não falei nada de espirituoso ou engraçado. Só cumpri o ritual e comecei a servir.

— A carne tá muito boa, Ma. Você se superou.

— É, meus cumprimentos à chef — Kuroi acrescentou, sorrindo.

Não foi o jantar mais tranquilo que nossa família já teve, mas também não foi o pior. O nível de tranquilidade aqui sempre dependeu de muitos fatores. Quando eu era criança, às vezes o Pa nos batia com tanta força que a pele chegava a soltar. E, logo depois, a gente tinha que jantar fingindo normalidade.

Hoje, a coisa se inverteu. Pa teve que comer o assado da Ma enquanto encarava o que poderia ter sido o destino dele. Eu, por outro lado, garanti a sobrevivência minha e do Kuroi — ao menos diante da minha família.

O que restava agora era lidar com o Sato. Eu não tinha certeza se poderia simplesmente matá-lo. Ele era um dos homens mais protegidos de Nova York. Chegar até ele podia levar tempo. E sim, levamos a cabeça do tio Vinny quando fomos embora, pra nos livrarmos dela da mesma forma que nos livramos do corpo, usando as instalações do Sato. Tenho que admitir que a Yakuza do Sato era bem organizada. Eu poderia aprender uma ou duas coisas com eles. Não é à toa que ele tomou conta do mercado de heroína em Nova York tão rápido.

De certa forma, eu o admirava. Mas isso não mudava o que eu pretendia fazer. O lugar dele no inferno tava garantido desde o minuto em que ele vendeu o Kuroi como escravo sexual. E eu não ia negar esse "privilégio" a ele.

A única dúvida era: como eu faria isso? E como o Kuroi reagiria se eu contasse meus planos?

# Capítulo 13

Kuroi

Eu estava abalado enquanto dirigia de volta para casa depois do jantar com a família de Dante. Eu não conseguia acreditar. Como a mãe de Dante conseguiu fazer aquele assado ficar tão delicioso? Já comi nos melhores restaurantes do mundo. Nenhum deles se comparava ao que a mãe dele preparou.

Eu nunca conheci minha mãe. Pelo que sei, ela estava morta. Por que mais meu pai iria me criar?

E eu nunca conheci a mãe de Yuki. Já a vi de longe. Mas, quando meu pai foi transferido para Nova York, fui com ele e um chef preparava todas as nossas refeições.

Sentado à mesa dos Ricci, eu não conseguia parar de imaginar como seria ter crescido em uma família como a de Dante. Ter uma mãe que se matava de trabalhar no fogão para cozinhar para a família e irmãos que se reuniam aos domingos para aproveitar tudo isso.

A parte sobre a cabeça decepada, eu já conhecia bem. Se você convive com meu pai por tempo suficiente, acaba vendo uma cabeça decepada em algum momento. Mas o resto? Sim, existia tensão entre Dante e os irmãos, mas era claro que todos se amavam.

Apesar de ter sido obrigado pelo pai, Matteo se recusou a trair Dante. Ele desafiou o pai para proteger o irmão. Eu não conseguia imaginar como seria sentir esse tipo de amor. A experiência mais próxima que tive foi quando o tio de Dante disse aquela coisa sobre mim e Dante... e Dante o matou por isso.

Fora Yuki, ninguém jamais se importou comigo. Cresci desesperado para que alguém me notasse. Mas meu pai nunca sequer olhou para mim.

Eventualmente, descobri como fazê-lo olhar. Criei situações em que ele não pôde me ignorar. Exigi a atenção dele, e ele respondeu vendo-me.

Se não fosse por Yuki, eu poderia ter enlouquecido crescendo daquele jeito. Sem ela, eu não teria nem conhecido o que era amor. Ela foi a única que alguma vez me amou. E eu matei qualquer um que tentasse fazer o mesmo.

— O que foi? — Dante perguntou assim que paramos na vaga dele.

— O que você quer dizer? — retruquei.

— Você está chorando.

— Não seja ridículo — respondi, ofendido.

— Está, sim — ele insistiu, estendendo o braço pelo carro e passando o dedo na minha bochecha. Ao me mostrar o dedo, ele estava molhado.

Surpreso, enxuguei o rosto depressa e saí do carro.

— Eu não estava chorando.

Enquanto caminhávamos até o elevador, Dante me olhava, preocupado.

— O que aconteceu mexeu com você?

— O quê?

— A coisa da cabeça... e o jantar.

Olhei para ele e ri.

— Você é um idiota, mas é bonitinho.

Ele parou de andar.

— Olha, Kuroi, eu amo você. Já disse que amo você. E farei qualquer coisa para protegê-lo. Mas você precisa me encontrar no meio do caminho. Não pode simplesmente começar a chorar do nada e não me contar o que está acontecendo. Como acha que isso me faz sentir?

Parei e me virei, frustrado.

— Eu disse que não estava chorando.

— Então o que era? Alergia? — perguntou sarcasticamente. — Era fluido de robô vazando do seu rosto? Odeio te dizer isso, mas você não é um robô. Você sente as coisas, mesmo que não admita.

— Escuta aqui, Dante, eu não estava chorando! — insisti.

— E na outra noite?

Eu congelei.

— Que noite?

— Na noite em que... fizemos "aquilo" e você... sabe... desabou?

— Não era eu.

— Bom, espero que fosse você. Acabamos de nos casar. É cedo demais pra convidar outro homem pra nossa cama — ele brincou.

— Dante... — falei, subitamente sobrecarregado.

Ele segurou meus ombros e encarou meus olhos.

— Você não precisa fazer isso. Sei que não sou tão bom em me comunicar. Por que eu seria, né? Mas entendo que seja importante, então estou tentando. Se eu te machuco, você tem que me falar. É pra isso que serve a palavra de segurança, certo? Pra que eu não te machuque. Você não pode me deixar continuar fazendo algo que te fere.

— Você não fez nada que me machucasse — insisti.

— Então por que estava chorando?

— Porque a minha vida é uma merda, Dante. Não sei se você sabe disso sobre mim, mas todo mundo me chama de Viúva Negra. E eles têm razão.

— Ninguém tem o direito de falar com você desse jeito.

— Têm, sim. Porque eu sou a Viúva Negra. Eu vou te matar, Dante. Não quero, e nem vou saber que estou fazendo isso. Mas um dia vou acordar e te encontrar morto ao meu lado. Não vou suportar isso, Dante. Não quero te perder. Eu não posso te perder. Eu amo você.

— Espera, você me ama?

— É... Ou não sei. Como alguém como eu pode saber o que é amor?

Me joguei nos braços de Dante e, sim, eu chorei. Não era o Shiro, era o Kuroi. Ou talvez nem fosse. Eu não sabia mais quem eu era.

— Eu não quero te matar, Dante.

— Me escuta. Você não vai me matar.

— Vou, sim. Eu vou te matar e então vou me matar logo depois. Porque não quero viver sem você.

— Kuroi, você não vai me matar. Eu te conheço. Tá me ouvindo? Eu sei quem você é e sei que jamais me machucaria.

— Me desculpa, Dante — falei entre lágrimas.

— Você não tem pelo que se desculpar. Você nunca vai me ferir.

— Quer dizer... de novo?

Dante riu.

— Isso mesmo. Você não poderia me machucar... de novo. Você me acertou em cheio quando me esfaqueou. E os pontos na minha cabeça ainda estão cicatrizando. Mas agora nos conhecemos. E o homem que eu conheço como Kuroi jamais vai me ferir... de novo.

Eu ri e funguei. Afastando-me dele, limpei as lágrimas dos olhos. Quando olhei para a camisa de Dante, estava coberta da minha maquiagem.

— Se eu não vou te matar, então vou ter que investir em maquiagem à prova d'água.

Dante olhou para a camisa branca, toda manchada de base.

— Porra, como você estava de maquiagem? Juro que não notei nada quando saímos de manhã.

Olhei para ele e balancei a cabeça.

— Ainda bem que você é bonito.

Recuperei a compostura, então continuamos até o elevador e subimos para o nosso apartamento. Quando as portas se abriram, meu corpo reagiu de imediato. Coloquei a mão no peito de Dante, impedindo-o de sair.

— O quê? — ele sussurrou, me vendo pronto para lutar.

Fiz um gesto para que ele ficasse parado. Ele devolveu um olhar que dizia que não ficaria simplesmente ali, mas insisti com outro gesto, e ele obedeceu.

Inclinei-me para fora do elevador e, não vendo ninguém atrás da porta, agachei e fui avançando. Eu reconhecia aquele cheiro. Era fraco e não tinha certeza de quem era. Mas tinha certeza de que não deveria estar ali.

Analisei o espaço aberto e não encontrei ninguém. Isso não queria dizer muita coisa. Havia pelo menos três quartos que eu não conseguia enxergar e...

— Yuki — sussurrei, de repente percebendo de quem era o cheiro.

Segundos depois, minha irmã saiu do quarto de Dante. Ela não estava vestida como de costume, com suas roupas estilosas inspiradas na cultura japonesa. Estava toda de preto, como se quisesse se misturar à escuridão.

— Yuki? — Dante perguntou, saindo do elevador ao reconhecê-la. — O que você está fazendo aqui?

— Vim visitar meu irmão — ela disse, calma como sempre.

Dante olhou para ela e depois para mim. Ele não acreditou. Eu também não.

— Dá pra trancar a porta? — perguntei a Dante.

Eu não sabia ao certo se era possível. Sabia que precisávamos de uma chave pra chegar ao nosso andar, mas não que fosse possível impedir alguém de sair.

— Consigo trancar, sim — ele respondeu, inserindo a chave no painel do elevador.

— Não é necessário — Yuki falou, impassível.

— Tampouco era vir aqui quando eu não estava — retruquei.

Yuki relaxou e foi até o sofá.

— Você não vai oferecer algo pra sua irmã beber?

Eu não tinha ideia do que ela estava tramando, mas resolvi entrar no jogo.

— É claro. Onde estão meus modos?

— Eles são deploráveis — Yuki declarou.

Eu não tinha certeza se era piada ou não. Conhecendo-a, não era.

— Chá? — perguntei.

— Se é o que você tem — ela respondeu, num tom de desaprovação.

— É o que temos — confirmei, indo até a cozinha para preparar.

— Espera, nós vamos fingir que não é estranho pra caralho ela estar aqui dentro sem a gente? — Dante questionou, indignado.

Yuki respondeu antes de mim.

— Considerando a chamada de vídeo que recebi de Shiro, achei que já tivéssemos ultrapassado a estranheza.

Isso calou Dante por um instante.

— Escuta, fazer ele te ligar foi um erro.

— Talvez esta seja minha falha. Quantas cada um de nós pode ter?

Mais uma vez, Dante ficou sem palavras. Cerrou a mandíbula e voltou para o quarto, deixando-me a sós com minha irmã.

— Só temos saquinhos de chá — informei a Yuki.

Nem precisei olhar para saber que ela não gostou. Escolhi o único sabor que valia a pena no estoque do Dante, coloquei água na cafeteira para esquentar e fiquei em silêncio todo o tempo. Peguei uma caneca no armário e servi duas xícaras.

Yuki não demorou para deixar claro o que pensava. Assim que pegou o chá, largou-o. Ela me desafiava a ignorar nossos costumes e beber chá numa caneca. Levei a caneca até perto da boca, mas parei antes de beber. Eu poderia tentar resistir, mas, a exemplo do meu pai, Yuki tinha poder sobre mim. Desobedecê-la era quase impossível.

— Então, por que você está aqui? — perguntei, finalmente.

Endireitando a postura, ela disse:

— Para levá-lo de volta pra casa.

— Eu já estou em casa — retruquei, confuso.

— Não. Você está onde nosso pai o colocou.

Era verdade. Meu pai decretou que eu me casaria com Dante, e é por isso que estou aqui.

— Talvez tenha sido assim que tudo começou, mas Dante é meu marido agora. Estou onde devo estar.

— Onde você deve estar é em casa.

— É isso que estou tentando explicar, Yuki. Eu estou em casa.

— Você estava em casa quando nosso pai o entregou da primeira vez?

— Não — falei, com nojo da lembrança.

— Mas, na época, você pensava que estava.

Abri a boca para negar, mas parei ao lembrar de tudo que aconteceu. Não foi no primeiro ano com o sócio do meu pai que ela se referia. Foi no segundo. Ou talvez no terceiro. Mas, depois de um tempo, parei de lutar contra minha condição e aceitei.

Tirando o que acontecia à noite, eu tinha liberdade. Eu não podia ir a lugar algum sem permissão nem ter amigos, mas, se estivesse acompanhado por um dos homens dele, eu podia fazer quase tudo. Beber, matar aula com meu tutor... ou até fazer outras coisas com o tutor.

Nessa fantasia, comecei a me ver como realeza. Pense bem: eu era mantido como prisioneiro, meu corpo não me pertencia, mas eu podia comprar o que quisesse e tratar as pessoas como quisesse. Eu era como uma princesa da Disney.

— Eu era jovem e estúpido naquela época. Agora não sou mais.

— Mas, de novo, você acha que está em casa. A nova gaiola em que nosso pai o colocou também é seu lar? Você teria saído do primeiro "lar" se não tivesse sido libertado?

— Libertado? Eu me libertei — retruquei, sabendo que meu ex-dono foi a primeira vítima da Viúva Negra.

— E o segundo homem para quem nosso pai o entregou?

— Nesse também.

— E o terceiro?

— Sim — respondi, já menos firme.

— Hm — ela murmurou antes de pegar a caneca e dar um gole.

Senti um arrepio percorrer meus braços. Meu coração disparou enquanto eu tentava aparentar calma. Ela sabia de algo e queria que eu entendesse que ela sabia. Mas o quê? Será que ela sabia como eu os matara? Como ela poderia saber disso?

— Eu não vou sair daqui — avisei.

— Você vai — ela declarou, convicta.

— Não vou fazer o que fiz antes.

— E o que você fez? Conte-me. Como se libertou?

— Eu... matei todos eles — admiti, tentando intimidá-la.

— Quem você matou? Diga. De quem você tem força para tirar a vida?

Eu não precisava dizer nada. Todo mundo sabia como me chamavam: Viúva Negra. Eu matava meus amantes. Até os que eu gostava. Ela sabia. Por que queria que eu dissesse em voz alta?

Foi então que compreendi. Ela queria que eu falasse justamente porque... eu não fiz. O que eu não fiz?

Eu os havia matado. Eles estavam todos mortos. Acordei ao lado de cada um. Todos mortos.

Levantei, perturbado pela lembrança. Por que ela me obrigava a reviver aquilo? Toda vez, eu adormecia ao lado deles e acordava com o corpo já frio e o cheiro de urina ou fezes que saíam quando o intestino se relaxava depois da morte.

Eu era a Viúva Negra. Eu matava quem ousasse me amar. E me lembrava de outra coisa. Talvez não na primeira ou segunda vez, mas depois passei a notar um odor no quarto na noite anterior à morte deles.

Era fraco. Sempre foi sutil, mais um pressentimento do que um cheiro real, algo que ficava bem no limite da minha consciência. E era o mesmo cheiro que eu havia sentido... hoje à noite.

— Foi você! — falei, sentindo a verdade me atingir como uma marretada. — Nunca foi eu. Sempre foi você!

Ela me encarou, inabalável, inexpressiva.

— Mas... como? Por quê?

— Você é meu — Yuki disse, sem se alterar. — Nosso pai o deu para mim.

— Eu... O quê?

— Você vai voltar pra casa porque pai o entregou pra mim, e você pertence a mim.

— Tipo... meu boneco?

Minha mente rodava tentando entender o que ela dizia. Ela matava todos os meus amantes por ciúme? Ou era algo de posse? Ela realmente acreditava que me possuía? Que ninguém mais poderia me ter?

Olhei para Yuki, que retribuiu o olhar, fria e calma. Ela acreditava nisso. Ela realmente achava que eu pertencia a ela. E, quando nosso pai me tirou dela...

— Você sussurrou no ouvido dele — eu disse, lembrando o que a agente da alfândega mencionou sobre o irmão dela.

Aquela agente contou que alguém havia colocado a ideia na cabeça do irmão de que a italiana gostava "daquelas coisas". Só podia ser alguém em quem o irmão confiasse. Alguém do círculo próximo do meu pai.

— Por que você falaria uma coisa dessas? Não percebeu no que daria?

Yuki piscou lentamente. Foi um gesto gélido, cruel, que me disse tudo.

— Você sabia. Esse era o seu plano. Você queria guerra. Mas por quê?

A expressão plácida dela não conseguia mais disfarçar o ódio que ardia por dentro. Incapaz de se conter, ela finalmente gritou a verdade:

— Se ele pode tirar de mim algo que é meu, então eu posso tirar dele algo que é dele!

Caí no sofá, atordoado. Por tanto tempo me considerei um monstro. Não, pior que um monstro, porque monstros não matam aquilo que amam.

O pior é que eu nunca me lembrava de ter feito nada. O que significava que eu não podia confiar em mim mesmo. Eu não podia deixar que ninguém me amasse, nem me permitir amar alguém.

Mas agora eu entendia. A única pessoa em quem eu achava que podia confiar era justamente quem eu não podia. Eu nunca fui uma pessoa para ela. Sempre fui só um brinquedo, uma posse. E, quando meu pai me "tirou" dela, ela tramou destruir todo o império dele, como retaliação.

— Como pôde fazer isso? — perguntei, deixando as lágrimas rolarem. — Achei que você me amasse.

Ela ficou calada. O silêncio dela rasgou meu coração. Eu não era nada para ninguém. Ninguém jamais se importou comigo, e ninguém jamais se importaria.

Foi então que Dante saiu do quarto. Como um touro, avançou em direção a Yuki. Vendo-o se aproximar, ela tentou recuar, mas não conseguiu escapar das mãos dele. A mão dele, grande, envolveu o pescoço dela e apertou.

— Dante! — gritei.

— O que é isto? — ele rugiu, mostrando a escova de dentes para ela.

O pânico tomou conta do rosto de Yuki quando ela viu a escova.

— O que é isso? — ele gritou de novo.

— O que está acontecendo? — perguntei, em desespero.

— Tem alguma coisa nela — explicou Dante. — É como um gel, sem cheiro. Então me lembrei do que mais aconteceu no nosso casamento. A Yuki me deu uma bebida.

Fiquei chocado ao relembrar.

— Mas eu também bebi.

— Não, você bebeu a sua, e a Yuki controlou quem pegava qual copo.
— Então ela envenenou você.
— E fez parecer um ataque cardíaco.

Enquanto falávamos, o corpo de Yuki começou a convulsionar.

— Acho que o que ela pôs na minha bebida, ela também pôs na escova de dentes. Não acho que você tenha matado aquelas pessoas. Acho que foi ela. Ninguém divide escova de dentes.

Em meio às convulsões, Yuki caiu do sofá e tentou se pôr de joelhos. Uma parte de mim sentia pena dela. Eu sabia que não devia, mas ela era minha irmã. Foi a única que já me amou. Ou, pelo menos, eu pensava isso.

— Tem antídoto? — perguntei.

Ela me olhou, tomada pelo ódio. Vi, pela primeira vez, o demônio vingativo que se escondia sob a máscara de cortesia. Eu nunca conheci a verdadeira Yuki. Toda a minha vida foi uma mentira.

Tremendo, ela cambaleou, sem procurar nada específico. Se ela tivesse algo pra se salvar, já teria usado. Se houvesse algo que pudéssemos fazer para ajudá-la, ela teria pedido.

Em vez disso, vagou pelo ambiente como um fantasma atormentado. A pele pálida a transformava na verdadeira Yuki-Anno que ela sempre foi.

Rosnando e se debatendo, ela avançou contra nós. Eu não sabia o que ela pretendia. Talvez nada. Mas, fitando Dante com um olhar mais frio que o inferno, ela jogou a cabeça para trás, escorregou pelo corpo dele e morreu aos nossos pés.

Foi um ataque cardíaco. Reconheci a expressão congelada no rosto dela. Eu já tinha visto muitas vezes. Era o que eu via quando acordava ao lado dos corpos frios, acompanhados do cheiro de fezes e urina.

— Ela veio aqui pra te matar — falei, tentando entender a situação.

— Veio, sim.

— Ela queria que eu voltasse pra casa.

— Você está em casa — Dante disse, me puxando para um abraço apertado.

Mais uma vez, as lágrimas rolaram enquanto eu me apoiava no corpo musculoso do meu marido. Ele era forte como um carvalho — sólido, firme e inabalável. A melhor coisa que me aconteceu foi me casar com ele. E, para onde nossa vida juntos nos levasse, eu o acompanharia.

Ao contrário de todos, ele me protegeria. Ele me seguraria quando eu chorasse e, em seus braços, eu finalmente dormiria.

— Você está bem? — ele perguntou, olhando para mim preocupado.

Ergui o olhar para aqueles olhos gentis, e a única coisa que me veio à cabeça foi:

— Cerejas.

# **Epílogo**

Dante

Não foi um ataque de pânico. Eu sabia que não era. Quer dizer, tive minhas dúvidas por um tempo, quando nada mais fazia sentido. Mas a única coisa de que nunca duvidei foi da inocência de Kuroi.

Quando percebi que ele tinha chegado ao limite, levei Kuroi para a cama e me livrei do corpo da irmã dele. Kuroi não quis saber o que eu fiz com ela. Ela o traíra a vida toda. Ele precisava de tempo para lidar com isso. E, o que meu bebê quisesse, eu daria a ele.

Em vez de queimar o corpo de Yuki, como fizemos com o Tio Vinny, guardei-o e removi todos os vestígios de que ela estivera em nossa casa, inclusive certificando-me de que ela não havia subornado o atendente do saguão para entrar.

Ela não tinha. Era um mistério como ela tinha entrado sem ser detectada. Eu não gostei disso, considerando que outras pessoas provavelmente poderiam fazer o mesmo.

A outra coisa que fiz naquela noite foi guardar minha escova de dentes. Eu precisava saber com o que ela havia tentado me matar.

— Wolfsbane (acônito) — eu disse a Kuroi dias depois, quando minha equipe terminou a análise.

— Wolfsbane vem de uma flor. Ela tinha um jardim no complexo. Estava sempre lá cuidando dele.

— O veneno age em minutos e os sintomas podem ser confundidos com um ataque cardíaco. Acho que ela subestimou meu tamanho quando colocou na minha bebida de casamento. Essa coisa é letal. Eu não deveria ter sobrevivido. O que torna a Wolfsbane o veneno perfeito é que a pequena quantidade necessária para matar alguém geralmente passa despercebida durante a autópsia. Mas a quantidade que encontraram na minha escova de dentes era suficiente para matar uma vaca.

— É por isso que ela não tentou se salvar — concluiu Kuroi. — Ela sabia que não podia.

— Provavelmente.

— Eu entendo por que ela matou todas aquelas pessoas. Pelo menos algumas delas. Acho que ela talvez pensasse que estava me resgatando. Mas por que ela sussurrou no ouvido daquele cara sobre o amigo do seu irmão? Foi isso que me levou a deixá-la. Ela havia matado para me ter de volta. Por que iniciar algo que me afastaria?

— Ela não poderia imaginar que eu sugeriria fundir nossas duas famílias.

— Você sugeriu isso? — perguntou Kuroi, surpreso.

— Sim. Achou que tinha sido Sato?

— Ele já tinha me trocado tão facilmente antes. Só presumi que tivesse feito de novo.

— Não. Desta vez, não.

— Então ela está morta porque subestimou você — disse Kuroi com um sorriso que demonstrava orgulho.

— Ela não foi a primeira — eu lhe disse, pensando no Tio Vinny e em todos os que vieram antes dele.

Sobre a reação do meu pai ao que eu tinha feito, eu ainda estava esperando. Mas já não havia mais dúvida de qual de nós estava no comando. E, com o Tio Vinny morto, ele estava sem aliados-surpresa.

Eu tinha quase certeza de que ele não ia simplesmente se curvar e aceitar o que eu tinha feito, porque não era do seu feitio. Mas as opções dele eram limitadas. Enquanto eu continuasse no controle de tudo, manteria a dianteira.

Eu precisaria da ajuda de Kuroi para isso. Sim, Matteo havia deixado claro onde estavam suas lealdades. Mas o domínio do meu pai sobre ele sempre foi forte. Enquanto Pa estivesse vivo, Matteo seria uma ameaça. Meu irmão precisava demais da aprovação do nosso pai para não ser. Kuroi e eu teríamos que ficar de olho em Matteo também.

A última pessoa de quem eu precisava cuidar em tudo isso era Sato. Ele morreria pelas minhas mãos. Não havia outra maneira de isso terminar. Mas as camadas de segurança dele significavam que levaria tempo. Eu estava disposto a esperar.

Do que eu não tive que esperar muito foi para que Kuroi voltasse a desejar meu pau.

— Eu não tenho sido bonzinho ultimamente? — ele me perguntou numa noite depois do jantar.

Tínhamos acabado de comer um bife que ele insinuou ter cozinhado, mas do qual eu tinha quase certeza de que vinha do Alberto's, minha churrascaria favorita.

— Você tem sido bom. Estou impressionado — eu lhe disse, torcendo para saber aonde isso estava nos levando.

Eu sentia falta de sentir a bunda apertada dele em volta do meu pau. Eu já estava até imaginando as marcas que vários objetos da casa deixariam na pele perfeita dele.

— Você não me disse uma vez que, se eu fosse bonzinho, você me recompensaria?

— Você acha que foi bom o bastante para merecer uma recompensa? — perguntei, incapaz de conter o sorriso que se formava no meu rosto.

— Não sei. Eu fui? — ele perguntou, inclinando a cabeça e me olhando de um jeito que deixou meu pau duro como pedra.

— Acho que sim — confirmei antes de me levantar e atravessar o cômodo em direção a um armário. Enquanto ele me observava, enfiei a mão e peguei algo que eu tinha comprado exatamente para essa ocasião. Quando puxei o objeto e me virei, os olhos dele brilharam.

— Você se lembra da palavra de segurança? — perguntei ao homem que eu amaria até o dia da minha morte.

Ele lembrava. Então, comecei.

**Visualização:**
Aproveite este pré-visualização de 'Sério Problema':

Sério Problema
(Romance Gay)
Por
Alex McAnders

Direitos autorais 2023 McAnders Publishing
All Rights Reserved

*'Eu podia sentir o calor dele em mim. Eu mal podia respirar. Separando meus lábios enquanto meu coração batia forte, eu precisava estar mais perto.'*

Imagine ter que dormir a poucos centímetros do seu crush, mas não poder tocá-lo porque ele é "hétero" e tem uma namorada.

## CAGE

Com olheiros da NFL observando cada um dos meus movimentos, a última coisa que deveria estar pensando é em Quinton Toro, meu tutor genial e estranhamente sexy, que me faz pensar em quebrar minha cabeceira. Eu posso fantasiar à noite sobre tudo nele, mas trabalhei demais por muito tempo para cometer um erro agora.

Mas se eu tivesse que escolher entre tê-lo ou uma carreira na NFL, qual eu escolheria? A resposta deve ser óbvia, certo? Então, por que não consigo tirar da cabeça a maneira lasciva como ele olha para mim?

Eu posso estar em apuros.

## QUINTON

O problema de se apaixonar pela primeira vez é que isso te faz fazer coisas loucas, como pensar que você tem uma chance com o quarterback esculpido com abdômen definido, que não está apenas focado em se tornar profissional, mas é hétero e tem uma namorada.

Ele é o único que insiste para que passemos tempo juntos. Isso tem que significar que ele gosta de mim, não é? Por que eu não consigo descobrir isso?

E, como ele vai se sentir quando descobrir quanto problema vem com o fato de estar comigo? A única coisa que posso esperar é que possamos encontrar uma maneira de ficarmos juntos. Mas poderíamos fazer isso sem que eu tenha meu coração partido novamente?

*****

### Sério Problema

Estou me apaixonando por Quin. Não posso negar. Mesmo enquanto eu deito na luz da manhã sem conseguir dormir quase nada, tudo que eu conseguia pensar era em como eu poderia tocá-lo como fiz ontem à noite.

Quando ouvi ele colocar a mão dele na cama entre nós, eu estendi a minha mão em busca da dele. Não sabia se deveria ou se ele gostaria que eu fizesse, mas não conseguia me controlar. Preciso de Quin. Anseio por estar com ele. Sinto que vou enlouquecer sem ele. E estar tão perto sem poder envolver meus braços ao redor dele era uma tortura.

Estava prestes a me aliviar da agonia dolorosa quando me mexi e algo zumbiu. Quando isso aconteceu, percebi que ainda estava meio adormecido, pois me acordou. Reconheci o som. Era o meu despertador. Eu tinha esquecido de desligá-lo.

Provavelmente seria mais preciso dizer que eu não era tolo o suficiente para desligá-lo. Desde que conheci Quin, conseguir oito horas de sono era impossível. Mesmo se eu estivesse na cama a tempo de fazer isso, sozinho na escuridão era quando eu mais pensava nele. Então tê-lo aqui agora era como um sonho realizado.

O alarme zumbiu novamente. Ah, certo, o alarme. Eu não queria que isso acordasse Quin.

Ao invés de deixá-lo tocar como eu normalmente tinha que fazer, abri meus olhos e identifiquei onde eu estava. Eu estava do lado direito da cama. O despertador estava do lado esquerdo. Eu tive que me esticar sobre Quin para pegá-lo.

Sem pensar nisso, eu montei no cara debaixo de mim e desliguei o alarme. Com ele desligado, percebi onde estava. Embora nossos corpos não estivessem se tocando, eu estava pairando sobre ele. Congelei e olhei para baixo. Ele estava deitado de costas para cima.

Meu Deus, como eu queria me inclinar e beijá-lo. Eu estava bem ali. Ele estava tão perto. E então ele abriu os olhos.

Olhei para ele, surpreso. Ele sorriu, ou foi um rubor?

"Bom dia," disse ele com a voz rouca da manhã.

Olhando para ele, relaxei.

"Bom dia," disse eu, dando mais uma boa olhada nele e depois voltando para o meu lado da cama. "Desculpe por isso," falei.

"Não, eu gostei," disse ele sorrindo de orelha a orelha.

"Você gostou do alarme?"

"Ah, eu pensei que você estivesse falando..." Ele corou novamente. "Foi bom. Isso significa que temos que nos levantar? Está tão cedo."

"Eu tenho que ir para o treino. É uma longa viagem."

"Tá bom," disse ele se mexendo de uma forma adorável.

Observando ele se ajeitar, eu estava prestes a levantar quando percebi algo. Estava com uma ereção matinal séria. Claro, estava mais do que feliz em mostrar meu membro ereto para ele ontem à noite. Mas, eu estava tão excitado por estar com ele que tinha perdido toda a inibição.

Depois de uma noite de sono, por mais curta que fosse, eu não estava tão ousado. Sim, eu ainda estava tão excitado como sempre. Mas, não estávamos entrando na cama. Estávamos saindo dela. Isso fazia diferença.

"Podemos dormir mais um pouco, certo?" Quin perguntou olhando para mim, seus lindos olhos implorando para que eu o abraçasse.

"Você pode, mas eu tenho que me levantar. O jogo da bowl é no sábado. Este é o nosso último treino completo antes disso. Não posso me atrasar."

"Ok," disse Quin desapontado.

Olhando dentro dos olhos dele, tentei pensar na próxima vez que conseguiria levá-lo de volta para cá.

"Você quer vir ao jogo? Já esteve em algum?"

"Você quer que eu vá ao seu jogo?" Ele perguntou com um sorriso.

"Sim. Por que eu não iria querer?"

"Não sei. Pensei que poderia ser o seu espaço masculino ou algo assim."

"Espaço masculino?"

"Você sabe, um lugar para sua namorada e todos os seus amigos do futebol se encontrarem e fazerem coisas de futebol."

"Primeiro de tudo, o estádio tem capacidade para 20.000 pessoas. Há espaço para todos. Em segundo lugar, Tasha não vai a um dos meus jogos há sei lá quanto tempo. Você deveria vir. Assim pode ver o que é todo esse alvoroço."

"Eu posso ver o que é todo esse alvoroço daqui," ele disse, fazendo meu coração derreter.
Leia mais agora

\*\*\*\*\*

Made in United States
Orlando, FL
08 July 2025

62744578R00154